「し……したことない…から……分からない
小声でぼそぼそと告白すると、一輝の目が丸くなっ
春也はうつむいて、股間を手で隠しなが
情けなくて涙を滲ませ
（本文 P.24 よ

「舐めてやるから……体育着、まくって」
紅潮した頬の春也を見つめ、一輝が囁く。
一輝の瞳の奥には、情欲の翳りがあった。
受け入れるしかないと悟り、
春也はおずおずと体育着をまくった。
（本文 P.139 より）

Chara

愛を乞う

夜光 花

キャラ文庫

この作品はフィクションです。
実在の人物・団体・事件などにはいっさい関係ありません。

目次

口絵・本文イラスト／榎本

■1　十三歳の春

よそゆきの服を着なさいと言われ、とうとうその日がきたのだなと感じた。

氷野春也《ひのはるや》はタンスの奥から一番気に入っているシャツを取り出して、袖《そで》を通した。二年前に買ってもらったズボンは少し丈が短くなっている。中学生になったのだから当たり前といえば当たり前なのだが、同級生たちと比べ成長していない気がしていたので、久しぶりに着た服がきつく感じるのは不思議だった。

シャツとズボンを身にまとうと、やつれた顔をした母が春也の髪を櫛《くし》でとかした。そんな行為をされるのは滅多にあるものではない。先ほどから何も言わない父の態度も気になるし、やけに春也の身だしなみに気を遣う母にも不安が募る。

もしかしたら、二人とも最悪の事態を考えているのかもしれない。

徐々に鼓動が速まるのを感じ、春也は母の手が髪から離れていくのを目で追った。

去年ぐらいから父母の様子がおかしくなっているのには気づいていた。食事の量が目に見えて減り、新しい靴も買ってくれなくなった。マンションから古びたアパートに引っ越し、給食費も滞納するようになり、何よりもお金の話になると母が癇癪《かんしゃく》を起こす。

父はしょっちゅうどこかに電話して頭を下げている。父は繊維工場を経営していて、おそらくそれが上手《うま》くいってないのだろうと子どもの春也にも想像できた。最初は大丈夫か尋ねていたけれど、ここ二、三ヶ月は怖い顔をした大人の男が家のドアを叩《たた》くので、もう恐ろしくてどうなるのか聞けなくなった。怖い顔をした男たちは部屋中の物を引っくり返して鼓膜が震えるような声で怒鳴っていくから苦手だ。一度このガキを売れよ、と言われたことがあって、あの時は心臓が止まりそうになった。母が止めてくれたから助かったものの、あれ以来春也は人が訪ねてくると押入れに隠れるようになった。多分父と母はどうにもならなくて夜逃げをする気なのだろう。小さなバッグに大切なものをしまえと言われ、春也は亡くなった祖母にもらったお守り袋と、友達からもらったカードと好きな本を入れた。

「さぁ、行くよ」

春也の仕度が終わったのを見て、母が暗い目つきで声をかけた。

六畳のアパートに身を寄せ合って家族三人で暮らしていた。春也はもともと口数の少ない子だったが、このアパートに来てからはほとんど喋《しゃべ》らなくなってしまった。父も母も暗い顔をしているし、口を開けば喧嘩《けんか》ばかりだ。先月中学生になった時も、制服を用意する金が足りなくて喧嘩になった。結局知り合いの卒業生から制服のお下がりをもらえて学校に行けることになったが、周囲の子たちが新品の制服を着ている中、手アカのついた制服を身にまとうのは恥ずかしかった。

「早く乗れ」

一年ほど暮らしたアパートを振り返っていると、軽トラックの運転席から父が低い声で告げた。春也は慌てて軽トラックに乗り込んだ。春也の後に母も乗り込み、ドアを閉める。すでに辺りは暗くなっていて、一番星が煌《きら》めいていた。無言で出発した父は、前方だけを睨《にら》みつけるようにして運転している。

父も母も普段とは違い、きちんとした身なりをしている。まさかとは思うが、このまま無理心中をするつもりだったらどうしようか。

「…どこへ行くの？」

聞くのは恐ろしかったが、聞かないともっと恐ろしかったので春也はおそるおそる尋ねた。

「綿貫《わたぬき》さんの家だ」

こちらを見もせず父が答える。誰かの家だと言われて春也はホッとしてシートにもたれた。無理心中ではないと知り、安堵《あんど》した。ここ数日切羽詰まった顔をしていたから、よからぬことを考えているのかと、いらぬ想像をしてしまった。

綿貫という名前は初めて聞くが、一体何の用事で行くのだろう。また金策をするためだろうか。父が土下座したり、誰かにすがりついたりする姿はあまり見たくない。けれどそうしなければならないなら、春也も手助けをしなければならない。

もう何年も家族同士が笑い合っている姿を見ていなかった。今では幸せだった頃があったのかどうかさえ分からなくなっている。せめて兄弟でもいたら、と最近よく思うようになった。兄か、せめて弟でもいれば。こんな時一緒に慰め合えたのに。

揺れる車内の中で、春也は小さなあくびをした。

もう寝ようと思っていたから、眠くてたまらない。

「眠かったら寝てなさい」

隣にいた母が珍しく優しい声で促した。春也は小さく頷《うなず》いて目を閉じた。

肩を揺さぶられて目を覚ますと、景色は一変していた。

まるでどこかのテーマパークにでも来たかのように、美しい庭園が広がっている。舗装された道沿いに綺麗《きれい》に刈り取られたつつじがずっと続いていた。ライトアップされ、夜中だというのに景色がよく見える。春也は目を擦《こす》り、ここはどこだろうと頭を巡らせた。

広々とした庭園のずっと先には、洋館が建っている。煉瓦《れんが》を積み重ねた古風な建物で、お城みたいだった。まるで夢の国に来たようだ。等間隔で並んでいる外灯もアンティークな形をしていて、日本ではなく異国に紛れ込んだかのようだ。

「ここどこ？　すごい綺麗だね」

　春也は目を輝かせて母を振り返り、どきりとして目を伏せた。母の顔はまったく笑ってないどころか、神経がぴりぴりとささくれ立っているのが分かった。こんなに綺麗な場所に来たというのに、父も母も沈痛な面持ちだ。

　軽トラックは真っ直ぐに洋館に向かって走っていた。道沿いの花が薔薇《ばら》に変わり、ぽつぽつと蕾《つぼみ》をつけているのが見える。ずいぶん広い敷地だ。五分ほど軽トラックを走らせ、やっと洋館の玄関に辿《たど》り着いた。

「ここが綿貫さんの家よ」

　軽トラックが停まると、母がそっけない声で告げた。ここが目的地だったのかと分かり、春也は母に続いて軽トラックから降りた。改めて振り返ると、この敷地の中で父のくたびれた軽トラックは浮いていた。

「さぁ、行くよ」

　庭園を珍しげに眺める春也の手を摑《つか》み、母が急《せ》き立てるように歩き出す。今日はいつにも増して父は何も喋らない。それが不気味で仕方なかった。

　大きな玄関の前に立ち、母はインターホンを探し始めた。すると探すまでもなく重厚なドアが自然に開き、中から黒いスーツ姿の白髪の男が出てきた。髪は白かったが父と同じくらいの年齢の男で、にこりとも笑わずに父母を見つめる。

「氷野さまですか」

白髪の男の声に父母が慌てて頷く。白髪の男はついで春也を見下ろし、一瞬痛ましげな表情を浮かべた。

「どうぞ、お待ちしておりました」

白髪の男に促され、中に入った。どこで靴を脱ぐのだろうと焦っていると、足拭《あしふ》きの場があってそのまま入るように言われる。靴を履いたまま他人の家に上がるのは初めてで、春也はどぎまぎして母に引っ張られた。床には厚い絨《じゅう》毯《たん》が敷き詰められ、靴音も呑《の》み込んでしまう。長い廊下を歩かされた。急に不安になり後ろを振り返ろうとしたが、手首を摑んでいた母の手が強くて、前に歩くしかなかった。

「こちらです」

重々しくドアが開き、一室に通された。子どもの春也にも分かるくらい、豪華な部屋だった。壁にかかっている大きな絵も立派だし、家具もアンティークなものばかりだ。それに本の中でしか見たことのない暖炉がある。春也がきょろきょろしていると、ふいに奥のドアが開き、一人の男性が入ってきた。

「では失礼します」

白髪の男が丁重に頭を下げ、部屋から去って行く。入ってきた男がこの豪邸の主人だというのはすぐに分かった。金色の刺繡《ししゅう》が入ったガウンを着込み、悠然と春也たちの前に進み、どかりとソファに腰を下ろしたからだ。父より少し若いくらいの中肉中背の男性で、髪を後ろに撫《な》でつけている。一見どうということはない風体の男だが、目を合わせたとたん、何故《なぜ》かぞくっと背筋に震えが走った。

怖い目をする男だった。こんなに冷たい目で人から見られたことなどない。蛇と目を合わせたらきっとこんな感じだろう。舐《ね》めつけるような冷酷な眼差しに鼓動が速まった。

「その子?」

足を組んで春也たちを見据えた男が、そっけない声で言った。自分のことを言われていると知り、心臓が痛いほどに昂《たか》ぶってきた。これから何が起こるのか分からなくて、怯《おび》えて母を見上げる。

「はい、どうぞよろしくお願いします。春也と申します」

媚《こ》びた笑いを浮かべ、母が何度も頭を下げる。ついで母は春也に目を向け、猫なで声で言った。

「春也、この方が綿貫さんよ。これからお前がお世話になるところ」

「え…っ?」

初めて聞く事実に呆然《ぼうぜん》として春也は固まった。世話になるというのはどういうことなのだろうか?

「十三歳だっけ…?　ずいぶん発育悪いんだね。まぁ…そのほうがいいけど」

綿貫と聞かされた男がじろじろと春也を見て呟く。乾いたその眼差しに春也は震えて後ろへ足を引いた。

「春也！」

急にヒステリックな声で名前を呼ばれ、春也はびくりとして立ちすくんだ。手首を摑んでいた母が床に膝《ひざ》を着き、強張《こわば》った顔つきで目線を合わせてくる。

「春也、よく聞きなさい。今日からお前はここで暮らすのよ。綿貫さんのおっしゃることをちゃんと聞いて、お助けしなさい。そうしないとね、お母さんたち——首をくくらなきゃいけなくなるから」

心臓を握りつぶされるような言葉を吐かれ、春也は手に汗を搔《か》いた。母の目はこれ以上ないほど真剣で、春也に否とは言わせない雰囲気があった。首をくくるという言葉は重すぎて、春也には反論できない。それでも突然見知らぬ男の家の世話になれと言われて、頷けるわけがなかった。

「で、でも…」

春也にも分かる。この空気が異常なことは。目の前の男の世話になるというのは、ふつうに引き取られるという意味ではない。このまま置いていかれたら、きっと恐ろしい目に遭う。

「くく…」

怯えた声を出す春也の様子がおかしかったのか、綿貫が潜めた声で笑い出した。

「春也くん、だったな。もう分かってるんだろう？　――君は私に売られたんだよ」

この茶番劇がおかしすぎる、とでも言いたげに綿貫が目を細めて恐ろしい一言を発した。売られた、と聞かされ、心臓が止まるかと思った。

（売るってどういう意味…？　何で？　僕、何か悪いことした？）

混乱してしばらく言葉が口から出てこなかった。嘘でしょう、と母を振り返るが、母はバツが悪そうに視線を背けるだけだ。

「う…嘘…です、そんな…、だって…嘘だよね？　母さん…っ」

やっと声が出てきて、慌てて母にすがりついた。母はちっとも春也とは視線を合わせようとせず、あらぬ方向ばかり見ている。

「父さん、嘘でしょ？　そんなひどいことしないよね？」

何も答えぬ母に動揺して、春也は父を振り返った。父は苦渋の表情で床を見つめている。言葉は虚《むな》しく宙に響き、春也の問いに答えてくれる人間はいなかった。自分を売った、と言われ頭が真っ白になり、何も考えられなくなった。

「その絶望的な顔……。いいね、いい表情をする。なかなかしつけ甲斐《がい》がありそうだ」

ゆらりと綿貫が立ち上がり、春也の前に進み出てきた。ついびくっと震えて春也が後ろへ下がると、綿貫が唇を吊《つ》り上げた。

「脱ぎなさい、服を。全部」

唐突に言われて、春也はぎょっとして固まった。脱げと言われて怖さのあまり泣き出しそうになったほどだ。ここから逃げ出したくてたまらない。

「や…、い、や…」

見下ろしてくる綿貫の視線は恐ろしくて、口ごもってはっきり嫌だと言えなかった。それでも意味は通じたのだろう。綿貫が優しく微笑《ほほえ》んだ。

——激しい音を立てて頰《ほお》を叩かれた。

あまりにびっくりしすぎて、春也はその場に尻餅《しりもち》をついてしまった。頰が熱くてじんじんとした痛みを放っている。他人からこんなふうに容赦なく叩かれたのは初めてで、驚いたのもあって涙がぼろぼろこぼれ出た。

「——私には、ハイ分かりました、それ以外言わないこと。いいね？　私と君の立場は同等ではない。口答えは許さない」

淡々と告げられ、もう怖くて綿貫を見上げることもできなくなった。それ以上に春也が殴られても何も反論しない父と母に絶望を感じていた。本当にこの男に売られたんだ。その事実にショックのあまり声が出なくなっていた。

「反応が鈍い子も嫌いだよ。さぁ、さっさと脱ぎなさい」

悄然《しょうぜん》と床に転がっている春也を見下ろし、綿貫がなおも告げる。頰はまだ痺《しび》れる熱さを放っていた。また殴られるのが怖くなり春也はのろのろとシャツに手をかけた。

もたつきながら服を脱ぐ間も、父と母が止めてくれるのではないかと期待していた。だがシャツを脱ぎ、ズボンを下ろしても、後ろに立っている父母は何も言わなかった。それがどれだけ春也の心を傷つけるか知っていて、ずっと沈黙していた。

見知らぬ男の前で下着を脱ぐのは抵抗があった。それでも綿貫の冷酷な視線に耐えられず、春也は仕方なく下着も引き抜き、その場で全裸になった。恥ずかしくて悔しくて、悲しくて、もう頭の中はぐちゃぐちゃだ。これが現実とはとても思えない。悪い夢を見ているみたいだ。

「ふぅん。ずいぶんガリガリだな」

裸になって下を向いて立ち尽くす春也に、綿貫が近づきじろじろと視線を向けてきた。綿貫は品物を見定めるようにぐるりと春也の身体を眺め、背中に手を這《は》わせてきた。びくっと春也が震えても気にせず、手のひらを押しつけてくる。

「肌は綺麗だな。子どもの肌だ。まぁ、いいだろう」

納得したのか綿貫が父と母を振り返り、顎《あご》をしゃくる。

「金はすぐに振り込ませよう。この子は私の養子にする。お前らはもう帰るがいい」

綿貫の言葉に父と母は安堵した息を吐き出した。居心地の悪い場を解放されたのが嬉《うれ》しかったのか、父母はそそくさとドアに近づき、綿貫に何度も頭を下げて出て行こうとする。

「待っ…」

「じゃあね、春也。綿貫さんに可愛がってもらうのよ」

口早に母が告げ、止める間もなく部屋を去った。父はわずかに逡巡《しゅんじゅん》した顔を見せたが、それでもすぐに部屋を出て行ってしまった。残された春也は絶望的な気分になり、身体を小刻みに震わせた。

この室内に綿貫と二人きりにされたのが恐ろしくてたまらない。

「ひ…っ」

いつの間にか背後に回っていた綿貫が、春也のむき出しの尻を掴んだ。思わず恐怖で声が引っくり返り、止まっていた涙がまた流れてくる。綿貫の指が無造作に尻のはざまに滑り、すぼみを撫でる。綿貫が膝をついた。

「ここは使ってないね?」

確かめるように尻たぶを広げて、あらぬ場所をじっくりと観察された。使うという意味が分からなくて、春也はガクガクする足で振り返った。春也の表情で聞きたい意味は分かったのか、綿貫が薄く笑う。

「まだ剝《む》けてない。本当に子どもだな」

面白そうに笑って綿貫が春也の性器を握った。そんなところを他人に触られたのは初めてで、息を吸うのさえ困難になってきた。一体何をされるのか、考えるだけで涙が出てくる。誰か、誰でもいい、ここから助けてほしかった。

「さて、ビジネスの話をしようか」

これ以上触られたら叫び出してしまうかもしれない、と思った時、綿貫は急に春也の身体に興味を失った様子でソファに戻った。綿貫はポケットから煙草《たばこ》を取り出すと、火をつけ、裸のままの春也に目を向けた。

「君の家にはたくさん借金があってね、それを清算する代わりに君は私に売られた。それは理解できたかな」

身を縮めて綿貫の言葉に頷くと、綿貫が小さく笑った。殴られるのが嫌で頷いたのだが、綿貫のお気に召したようだ。

「君は私の所有物になった。私の養子になったんだよ。本来なら君などにはつけられないような破格の値段をつけたんだ。それ相応の働きをしてもらわねばならない。とはいえ……私も鬼ではないからね」

紫煙が鼻腔《びこう》につき、春也はそろそろと綿貫を見上げた。

「君が私のもとにいるのは高校を卒業するまでだ。その後は自由にしていい。簡単な話だろう。昔の丁稚《でっち》奉公みたいなものだ。大人しく高校を卒業するまでの六年間、私の指示を聞けたら自由にしてあげるよ。私は悪い人間ではない」

高校を卒業するまで——春也はいくぶん気が楽になって涙を拭《ぬぐ》った。六年という時間は子どもの春也には途方もなく長い時間に思えるが、一生ここにいるわけではないと知り、緊張が少しだけ解けた。

「もちろん君の面倒はちゃんと見るつもりだ。私には一人息子がいてね、あの子と同じ学校になるよう編入届けも出しておいた。学費も出そう。ここにいれば食べられない心配もないしね、着るものも何もかも用意する。いい話だろう?」

先ほどまでの話とは打って変わり、綿貫は快活な口調で春也を安心させる条件を話してきた。一瞬だけ春也は浮上しかけ、顔を上げたが、次の瞬間容赦なくそれは叩き潰《つぶ》された。

「その代わりにね――君は六年間、息子の便器になりなさい」

さらりと放った綿貫の発言は、春也の胸を鋭く突き刺した。

何を言われたのか理解できなかったほど、異質な言葉だった。便器、と言われて背筋が寒くなるような、首に枷《かせ》でもつけられたような絶望感に襲われた。顔が引きつり、全身から力が抜けてしゃがみ込みたくなる。

「意味は分かるかな。息子がしたくなったら、何でもさせてやりなさい。催したらその口で射精させなさい。私と同様、息子の言葉にも逆らってはいけない。分かったね?」

まるで日常会話でもするみたいに綿貫は残酷な言葉を告げている。春也は精神的にもまだ幼く、友達が話す猥談《わいだん》にもほとんど興味がない。それでも綿貫が口にしている内容が、それを示していることくらい分かった。男は気持ちよくなると性器から精液を出すらしい。だがそれを口で、と言われてもまったく頭に描けなかった。

「私の屋敷を見たろう? 私には金がある。それを狙《ねら》うハイエナも山ほどいる。私や父や、祖父が作り上げた財産をね。……実はねぇ、最近困ったことが起きてね。私の息子にちょっかいをかけて、あわよくば遺産をかすめとろうとしている雌豚《めすぶた》がいるのだ。私にも覚えがあるが、綿貫の血筋の子を産めば、遺産のおこぼれに与《あずか》れる。そういうのは排除してもしきれない。そこで君のように、あとくされのない男の子をね、あの子にあてがおうと思う」

綿貫の話は別世界すぎて何を言っているのか分からなかった。分かるのは一つだけ。息子に逆らえない、ということ。

「男相手なら何をしても孕《はら》むことはないだろう。まだ経験もない子どもなら、病気の心配もない。無論、君が高校を卒業する頃にはあの子も分別がつくだろうし、ちゃんと相手を選べるはずだ。だがまだあの子は子どもで、年上の女性の誘惑に打ち勝てないとも言い切れない。君は息子の性欲処理として、ここで働きなさい。簡単な話だろう?」

綿貫の視線に耐え切れず、春也は床を見つめて両手の拳《こぶし》を握った。

このまま気を失って倒れてしまいたかった。つきつけられた現実に、どうしていいか分からない。ここから走って逃げ出したらどうなるのか。

「もちろん、君には拒否権はない。仮に逃げたとしたら……君の親御さんはどうなるか分かっているね。死ぬよりひどい目に遭うことになる。君は親思いのいい子だと聞いているよ」

どきりとして春也は身をすくめた。

綿貫が逃げ出そうとした自分の気持ちに勘づいたのかと思った。

「分かったかね？　分かったら、ちゃんと声に出して言いなさい」

厳然たる声で告げられ、春也は握っていた拳を弛《ゆる》めた。逃げられない以上、聞くしかなかった。嫌で、嫌で、たまらないし、怖くて震えるのに、綿貫に逆らえなかった。息子の慰み者――そんな古めかしい言葉が頭を過《よ》ぎった。自分のこととは到底思えない。これは悪夢じゃないのか。自分はれっきとした男なのに、何故こんな目に。息子の便器になれって現実なのか。人間ですらない。頭がぐちゃぐちゃで、目まぐるしく今まで耳にした卑猥《ひわい》な話がうずまいた。まだ精通すら迎えていない春也にとって、あまりに異質な世界だ。何よりも自分がどうなってしまうのか想像すらできなくて震えが止まらない。

けれど逃げたら父や母が死んでしまう。

目尻にまた涙が盛り上がったが、春也はかろうじて堪えた。

「…わ…かりまし…た」

たどたどしい声で呟くと、綿貫が満足げに笑った。

ついで綿貫はテーブルの上に置かれた呼び鈴を鳴らした。すぐに玄関に出迎えた白髪の男が出てきて、「お呼びですか」と答える。白髪の男は全裸の春也を見ても少しも動揺したそぶりはなかった。こんなのはこの屋敷では日常茶飯事なのだと気づき、春也はひたすら床を凝視した。

「一輝《かずき》を呼びなさい」

綿貫の指示に、分かりましたと頷いて白髪の男が出て行く。

それから五分後、ドアを開けて入ってきた少年に、春也はびくりとした。

「何？」

パジャマ姿で入ってきた少年は、全裸で立ち尽くす春也をちらりとだけ見て綿貫に近づいた。目が合った瞬間、春也は少しだけ救われた気分になった。息子と聞かされていたからもっと年が離れているのかと思っていたのだ。少年は春也と同い年くらいで、身長も身体つきも春也よりしっかりしていたが、まだ子どもだった。相手が綿貫のような大人ではなく、自分と同じくらい子どもなら、少しだけ安堵できる。

「一輝、前に話したろう。今日からこの子を便器代わりに使いなさい。氷野春也だ。お前と同じ中学一年生だよ」

綿貫に言われて、一輝が改めて春也に目を向ける。一輝は切れ長の目をした、冷たそうな印象を与える子どもだった。にこりともしない口元が、侮蔑《ぶべつ》するように春也を見ている。ふいに同い年の子どもから蔑《さげす》まれたのを感じ、かぁっと耳まで熱くなった。

「飽きたらどうすんの？」

そっけない声で一輝に呟かれ、春也は驚きのあまり息を呑んだ。一輝がふつうの子どもではないことを、まざまざと肌で知った。恐ろしい発言をされて、心臓が止まりそうだ。

「ははは、飽きたら他の使い道があるから構わんよ。大金を積んで子どもを買いたがる金持ちはたくさんいる。その時は別の相手を探してやるよ」

背筋が凍るような会話を放つ綿貫に、心底おぞましさを感じた。それよりも恐ろしいのは、一輝に飽きられたら自分はもっと恐ろしい目に遭うということだ。

「ふーん、分かった。春也、だっけ。来いよ」

どうでもいいと言わんばかりに一輝は頷き、春也に顎をしゃくった。そのまま部屋を出て行こうとしたので、慌てて春也は床に置いた衣服を手にとった。

「ま、待って、僕……服、が」

「そのままでいいよ。早く来い」

愛想のない声で一輝が部屋を出て行く。服を身にまといたかったが、一輝に飽きられたらもっとひどい目に遭うという言葉が頭にこびりついて離れなかったので、春也は脱いだ衣服を胸に抱え一輝の後に従った。

一輝はすでに階段を上っていた。春也はもつれそうになる足で後を追いかけ、誰も見ていないか心配で辺りを見回した。

「ここ、俺の部屋」

二階の突き当たりの部屋を開け、一輝が教えてくれる。子ども部屋とは思えないほど、広々として格調高い部屋だった。机や本棚を見てもとても同い年の男の子とは思えないほどきちんとしているし、並んでいる書物も大人が読むような本ばかりだ。友達の部屋にあるようなゲー

ムもマンガもない。春也が気後れしていると、一輝は奥にあるドアを開け、そちらに進んでいく。続けて入った先は、寝室だった。ベッドは先ほどまで使っていたのを示すかのように乱れている。

「じゃあ、とりあえずやってみて。フェラ」

一輝はベッドの縁に腰を下ろすと、面倒そうに告げた。

とたんに春也は驚愕《きょうがく》に震え、緊張で四肢を強張らせた。まだ覚悟も決まってない上に、言葉の意味もおぼろげにしか分からなかった。やらなければきっともっとひどい目に遭うと思っても、無知な春也はどうしていいか見当もつかず一輝の前で立ち尽くした。

「早くしろよ」

強張った顔で立ち尽くす春也に、一輝がそっけない声で促す。どうしよう、どうしようと焦り、春也はとりあえず持っていた衣服を床に置いた。不安に顔を曇らせ、一輝を窺《うかが》う。怒られるかもしれないが、正直に言うしかない。

「し……したことない…から……分からない…」

小声でぼそぼそと告白すると、一輝の目が丸くなった。春也はうつむいて、股間《こかん》を手で隠しながら情けなくて涙を滲《にじ》ませた。

「したことない？」

「じ……自分のも……他人のも……」

何も分からないと言ったら、もしかして綿貫に突っ返されるかもしれない。そう考えるだけで恐怖だった。ごめんなさいと謝るべきなのかと思い、おそるおそる顔を上げると、一輝が不思議そうな顔で自分を見ていた。

変な話だが、この時初めて一輝がまともに春也を見た気がした。それまではどうでもいい床に転がっているボールくらいにしか気に留めていなかった一輝が、ちゃんと春也を見てくれた。

「何だよ、親父が連れてきたから、そういうの慣れてる奴だと思ってた」

まじまじと春也を見つめた後、ふいに一輝が呆《あき》れた顔で笑い出した。

「自分のをフェラできるわけないだろ。フェラの意味分かってねーな」

笑いながら一輝がパジャマのズボンを下着ごとずりおろした。一輝の股間をまともに目にしてしまい、妙に恥ずかしくなって下を向いた。春也と違い、一輝は毛も少し生えているし、ちゃんと剝けている。

「フェラって、これを口で扱《しご》くんだよ。つーかお前オナニーとかしないの？」

平然と聞かれ、耳まで熱くなった。視線をうろつかせ、春也は頷いた。

「し……したことない…」

まだ子どもだった春也は自分の性器など弄《いじ》ったことがなかった。友達の中にはそういった会話をする子もいたが、皆春也は子どもだとからかうばかりで、どうしたらいいか教えてくれなかった。

「へー。まぁ…お前、毛も生えてないもんな」

じろじろと見つめられ、いたたまれずに春也は身を縮めた。

「こっちに来て、跪《ひざまず》けよ」

先ほどまでのそっけない声とは違い、一輝の口調が少しだけ優しくなった。春也は怯えながらも一輝の前に跪き、どうすればいいか目で問うた。

「最初手で扱いて。硬くなるから」

足を広げ、一輝が性器を見せつける。そこはまだ柔らかくて、春也はおっかなびっくり手にとり、言われたとおりに指を動かし始めた。他人のこんな場所を触ったのは初めてで、あまり嬉しいものではなかった。

「ちょっと硬くなったろ。そしたら舌で舐めて。ここが裏筋で、ここが亀頭。気持ちいいところだから覚えろよ」

一輝に教えられ、仕方なく唇を寄せた。同じ男の性器を舐めるなんて気持ち悪くて嫌だったが、やらなければならない。春也は一輝の性器を手で支え、そろそろと舌で辿った。舐めている傍《そば》からこうしろ、ああしろと言われて気分が憂鬱《ゆううつ》になっていく。

「お前下手くそだな……。まぁ初めてだししょうがねーか……」

一輝の言葉に腹は立ったが、ぐっと我慢して先端に舌を這わせた。しばらくすると徐々に性器が硬くなり、反り返っていった。一輝が気持ちよさそうな息を吐き出し、春也の髪を摑む。

「口の中に入れて。歯、立てるなよ」

一輝に指示され、ぎょっとして春也は口を離してしまった。舐めるだけでも嫌なのに、口の中に含むなんてしたくなかった。するとそれが表情に出たらしく、一輝がムッとした顔で摑んだ髪を引っ張って股間に近づけさせる。

「早くしろよ、親父《おやじ》に返すぞ」

残酷な言葉を吐く一輝に、胃がぎゅーっと潰される感じがした。春也は涙を滲ませ、一輝の硬くなった性器を口の中に含んだ。

「ちいせぇー口……。ほら、頭動かせよ」

頭を無理やり動かされて、苦しくなりながらも必死に一輝のモノを銜《くわ》えていた。口の中にあるそれは、どくどくと息づいて気持ち悪い。咽《のど》の奥のほうまで突っ込まれると、吐き気を覚え、目から涙がこぼれ出た。

「んぐ…っ、…っ」

苦しくて耐えられない時間が続いた。口の中で一輝の性器はどんどん大きくなり、変な汁が出てくる。胃の中がぐるぐるするようなおぞましさに春也は口を離そうとした。だが一輝はそれを許さず、強引に春也の口の中に腰を突き出してくる。

「はぁ…っ、はぁ…っ」

一輝の息が乱れ、普通じゃなくなっていくのが何よりも恐ろしかった。何をされているのか分からず、鼓動だけが速まる。苦しくて気持ち悪くて、春也は銜えている口の端から唾液《だえき》をあふれさせた。

「出すぞ…っ、飲めよ…っ」

一輝の動きがピークになった頃、急に意味の分からない言葉を吐かれた。考える間もなく、いきなり口の中に何かが吐き出された。それが舌を辿り咽の奥に流れると、春也はあまりの不快感に一輝の性器から口を離し、その場に出された液体を吐き出した。

「ごほ…っ、げほ…っ、は、…ぐ…っ」

激しく咳《せ》き込みながら口の中に広がった苦味に涙を滲ませた。舌が痺れる。異様な液体が口の中に残って、苦しくて胸を掻き毟《むし》った。粘度のあるそれは、飲み込もうとしても口の中に残り、いつまでも春也を苦しめた。

「飲めって言ったろ……?　メイドの子は美味《うま》そうに飲んでたぜ。あーあ、汚ねーな」

口の端から唾液まじりの精液をこぼす春也を見下ろし、一輝が呆れた顔をする。こんなもの飲めないと言いたかったが、咳き込んで言葉にならなかった。

「次はちゃんと飲めよ」

蔑むような声で言われ、絶望感を覚えた。こんな行為をこれから先何年もしなければならないのか。もう嫌だ、したくない。

「汚れた。舐めて綺麗にして」

硬度を失っていく性器をさらし、一輝が命じる。春也は目を伏せ、震える舌で一輝の性器を綺麗にした。

綿貫家での生活が始まった。春也は一輝の部屋と続いている小さな小部屋をあてがわれ、一輝の通っている学校へ編入した。五月に転入してきた春也に他の生徒は興味津々《しんしん》だった。私立の金持ちばかりが集う中学校で、春也は一輝の従兄弟《いとこ》と紹介された。一輝と同じクラスなのは、綿貫の計らいなのだろう。学校でも屋敷と同じように一輝に仕えろと命じられ、春也はどこにいても自由に空気が吸えなかった。

学校への送り迎えは最初に出迎えてくれた白髪の吉島《よしじま》という男がしてくれた。寡黙《かもく》な男で、ロボットみたいに必要な発言しかしない。他にも屋敷には十五人ほど使用人がいて、食事を作ったり掃除をしたり庭の手入れをしたりしていた。どの使用人も吉島と同じく無駄な発言はしない。突然現れた春也に関しても、事情を知らされているのか誰一人として気遣う者はいなかった。春也は孤独だった。

一輝には三日に上げず呼ばれ、口でするのを強要された。

二度目でどうにか一輝の出したものを飲み込むことができたが、苦痛は以前にも増していた。

苦くてどろっとしたそれを飲むのは心底嫌だった。もっと言えば一輝の性器を口に入れるのも嫌だったし、夜に呼び出されるのも泣きたくなるほど苦痛だった。いっそ逃げ出したいと何度も思った。けれど実行したら、あの冷酷な綿貫は父と母にどんなことをするだろう。想像するだけで意気消沈した。自分を捨てていった父と母に対する恨みはあったが、だからといってひどい目に遭わされるのも見過ごせない。とはいえ今の状態は六年という区切りがなければ、春也には耐えられなかった。

一輝の精液を飲み込むたびに、自分が汚らしいものだという考えに襲われた。

綿貫が便器と言っていたが、本当にそのとおりだ。

クラスに馴染《なじ》み、親しく話してくれる友達ができるたびに、春也は腹の底に鉛を沈められているような思いでいっぱいだった。ふつうの顔をして、ふつうの暮らしをしている学友に比べ、一輝の性欲処理として生きている自分が汚らわしい存在にしか思えなかった。喋っている傍から自分が異臭を発しているのではないかと気になり、笑いもぎこちなくなる。

特にトイレにいる時が一番駄目だった。トイレに入り、手を洗っている時に自分の顔を見てしまうと、気持ち悪くて吐き気が込み上げ、げぇげぇと吐しゃする始末だ。

口でしているのを思い出すだけで、足元から冷たいものが迫り上がり、立っているのも困難になる。頭がどうかなってしまったのかもしれない。春也は鏡を避けるようになった。

唯一春也の心を和ませたのは、綿貫家の庭園の美しさだった。常駐している庭師が三人いるだけあって、広大な綿貫家の庭は完璧《かんぺき》な美を誇っている。暖かくなるにつれ庭の薔薇が咲き誇り春也のすさんだ心を一時解放した。夜以外に呼ばれることはなかったので、春也は学校から帰り屋敷に戻ると夕食の時間まで庭でぼうっと花を眺めていた。

屋敷には月に何度か客人が来た。どの車も高級そうで、後部席に乗っている客人は自分で車のドアを開けない。綿貫は百貨店関連の会社をいくつも経営しているらしい。彼らの会話の端々に「綿貫グループは…」という言葉がついて回った。綿貫の仕事関係か中年男性が多く、中には庭で花を眺める春也に近づいてくる客もいた。ねっとりとした触り方で春也の肩を抱き、顔を近づけて話しかけてくるので、おぞましくてならなかった。優しげに話しかける男たちの目は笑っていない。まるで春也を値踏みするように覗《のぞ》き込む、その瞳の深淵《しんえん》に警戒心が高まった。

「お前、いつも本当に嫌そうにやるよな」

ある日の夜、どうにか一輝の精液を飲み下した後、つまらなさそうな顔で言われた。面白くないと言いたげな表情に、春也は不安が込み上げ、すぐさま頭を下げた。

「ご……ごめんなさい……ごめんなさい…」

一輝自体は怖くなくても、その先にあるものは恐ろしくてたまらない。なるべく機嫌をそこねないようにと一輝の言うことは全部聞いているが、口でするのは気持ち悪くて美味《おい》しそうに飲むふりなどできなかった。慌てて何度も謝ると、一輝はじっと春也を見つめ、パジャマのズボンを上げた。

「お前……ここに来てから自分の、した？」

探るような目で聞かれ、春也は小さく首を振った。

以前からそれほど興味があったわけではないが、一輝の性器を口で愛撫《あいぶ》するようになってから、激しい拒否感が起こり、自分の下半身を触るのも嫌になっていた。何か言われるのだろうかと怯えて一輝を窺うと、その表情も気に食わなかったのか一輝はごろりとベッドに横になり春也に背を向けた。

「もういい、向こう行けよ」

ぼそりと告げられ、一輝が怒ってないか気になったものの、春也は自分の部屋に戻った。部屋に戻る途中で洗面所を使い、何度も何度も口をゆすぎ、顔を洗う。どれだけ洗っても口の中が汚れている気がした。自分の身体が変な臭いを発していないか心配でならない。舌先に残った痺れは何をしても一晩中消えることはなく、春也を苛《さいな》む。

毎日のように、嫌な夢を見た。自分がヘドロの中に少しずつ埋まり、どろどろに溶けていく夢だ。胸の嘔吐《おうと》感が消えない。朝起きると寝汗をびっしょり掻いていて、寝覚めは最悪だった。

その日、春也は二時間目の授業を終えた後、気分の悪さを覚えてトイレに駆け込んだ。

授業の最中に窓際の生徒が卑猥な下ネタを発し、クラス全員が笑った。

春也だけはどうしても笑えなくて、嘔吐感と必死に闘っていた。授業が終わり慌ててトイレに駆け込み、洗面台で朝食べたものを吐き出し、肩で息をした。咳き込みながら水を流し、チャイムの音が鳴るのをおぼろげに聞いていた。

顔を上げてぎょっとした。

鏡越しに一輝が立っていた。

「あ…」

一輝は鏡の中の春也を鋭く見据えている。吐いているところを見られたショックで、春也は足をガクガクとさせた。いつも吐いているのを見られないようにと、生徒がめったに使わない会議室の前のトイレを使っていたのだ。

「やっぱ嫌なんじゃん。お前、いつも吐いてたろ」

チャイムが鳴り終わっても気にした様子もなく、一輝がゆっくりと近づいてきてじろりと睨んだ。春也は濡《ぬ》れた口を拭って振り返り、自分を睨みつける一輝を見つめ返した。

怖くて何も言い返せなかった。違うとも、そうだとも言えず、一輝が近づいてくるのを怯えて見つめるしかできない。一輝は父親に言うだろうか。もうあの子はいらないと。そうしたらどうすればいいのだろう。

「来いよ」

苛立《いらだ》った顔で一輝が腕を引っ張り、春也を個室に連れ込んだ。一輝が何をするのか分からなくて身体をわななかせていると、個室の鍵《かぎ》を閉め、一輝がベルトを外し始める。

「舐めろ」

低い声で性器を目の前に出され、春也はショックを受けて固まった。まさか一輝が学校という場でこんな行為を強いるとは思ってもみなかった。反射的に嫌だと叫びそうになったが、乱暴に髪を摑まれ、言葉を呑み込んだ。

「ん…っ」

考える前に口を開き、一輝の性器を口に含んだ。床に膝をつき、いつものように舌で愛撫する。最近一輝のモノは舐める前にすでに半勃《はんだ》ちになっていることが多い。今もこんな場所で春也を蔑むことに興奮しているのか一輝の性器はすぐに大きくなった。

「…っ、ふ、は…っ、…っ」

一輝の性器を口で扱きながら、わけの分からない涙が盛り上がってきた。自分が汚く思えてならなかった。何で生きているんだろう。そんなことが頭を過ぎった。それでも慣れた行為に勝手に手や舌が動き、一輝を絶頂へと導く。学校でするという興奮もあって、一輝はいつもより早く春也の口の中に射精してきた。

「…っ、ぐ…、む…っ」

今吐き出したら、きっとひどい目に遭うと分かっていたから、春也は無理にでも一輝の精液を飲み下した。気持ち悪くて無理やり飲み込んだせいで大粒の涙がこぼれる。トイレの床に身を折り、春也は両手で口を押さえて懸命に精液を咽に押し込んだ。

「はぁ…っ、はぁ…っ」

壁に立って春也を見下ろしている一輝の息が荒い。痛いほど自分を睨んでいるのが分かって、春也は小刻みに身体を震わせた。

「……顔、上げて、口開けろ」

乱れた呼吸を整えながら、一輝が呟いた。これ以上何をするのかと怯え、春也は涙目で顔を上げた。開けたくなかったが、震える唇を開き一輝を見上げた。まだ口の中には一輝が出した精液が残っていて、唇を開くと糸を引いた。

一輝はポケットに手を入れ、押し込むように何かを春也の口の中に放り込んできた。びっくりしてサッと口を閉じてしまい、一輝の指をわずかに舐めた。

「……？」

一瞬怖くて口の中に入れられた物を吐き出しそうになってしまったが、口の中に甘味が広がり春也は目を丸くした。一輝はバツの悪そうな顔でファスナーを上げ、黙ってトイレから出て行った。そのままどこかへ消えてしまったので、春也はおそるおそる手のひらに口の中に入れられた物を吐き出した。

大きな飴玉《あめだま》だった。

意味が分からず再び口の中に戻し、春也はそれを舌で転がした。何故一輝は飴をくれたのだろう。もしかして春也が気持ち悪いと思っていたからだろうか？

春也はしばらくその場に留《とど》まり、甘味が消えるまでじっとしていた。

トイレで強要された日以来、一輝の精液を飲んだ後は、必ず口の中に飴玉を入れられるようになった。何故一輝がそうしたのか理由は不明だったが、回数を重ねるごとに春也は行為の後に吐き気を催す回数が減っていった。飴玉の効果なのか、徐々に精液の味にも慣れ、一輝に従うのにも慣れてきた。

精神的な苦痛さえ乗り越えられれば、一輝の射精を手伝うことはそれほど苦ではなくなっていた。痛みを伴わない行為は、している間さえ心を空っぽにすれば耐えられる。無論進んでやりたいものではないけれど、最初の頃に比べ一輝に慣れたというのもあって、吐き気は治まっていった。

一輝はやはりふつうの子どもとは違う。

友達同士で群れることもなく、かといって浮いているわけでもなく、言いたいことは教師にもはっきりと告げる自我の強い子どもだった。いつもどこか冷めた目つきをしていて、何か尋ねられても一拍間を置いて話をする。学力はかなりあって、中間も期末もトップの成績だった。家庭教師が数人ついているというだけでなく、聞くところによると一度会った人や聞いたことは忘れない優れた記憶力の持ち主だ。かといって勉強にだけ励むわけでもなく、足も速いし水泳も得意だった。およそ欠点が見当たらない、春也からすれば異次元の人間だ。従兄弟という触れ込みもあって春也はいつも一輝の傍にいるが、よくクラスの同級生から「あいつといて怖くない？」と聞かれた。一輝は同級生にさえ、めったに笑い顔を見せることはない。

春也はもともと口数の少ない性格だったので気にしていなかったのだが、確かに一輝はいつも何か考えているような顔をしているわりに、べらべら喋る人間ではない。唯一一輝が春也に問いかけるのは自慰に関することだけで、週に一度は、まだしてないのかと探りをかけてくる。

周囲の男子生徒に比べても、春也は発育が悪く、性に関する行為も遅れていた。

特に綿貫家に引き取られてからは嫌悪感のほうが勝ってしまい、自分の性器を触るのすら苦手としていた。生理的なもので朝勃《あさだ》ちすることはあっても、トイレに行って用を足せば気分は治まる。

綿貫家に引き取られ、半年が過ぎた頃、春也にとって恐れていたできごとが起こった。

もう眠ろうと思ってパジャマに着替えた時だ。

室内の電話が鳴り、綿貫から部屋に来るようにと命じられた。

一輝ではなく綿貫からの呼び出しに、不安が募った。こんな夜中に何の用事かと落ち着かなくなる。それでも命令には背けず、春也はパジャマのまま部屋を出た。

廊下はしんと静まり返っていた。階下に下り、綿貫が来いと言った部屋に向かう。今日は客人が来ていて、指定された部屋の隙間《すきま》から光が漏れていた。

かすかにすすり泣く声と獣の声が聞こえ、妙に胸が騒いだ。しばらく部屋の近くで躊躇《ちゅうちょ》していると、小声で名前を呼ばれ、振り返ると吉島が立っていた。

「今日はその部屋には近づかないほうがよいですよ」

囁《ささや》くような声で告げられ、春也は途方に暮れた顔で吉島を見上げた。吉島はいつも春也に事務的な対応をするが、時々庭に咲いている花を部屋に飾ってくれる優しい人だ。

「でも綿貫さんに来いって言われて……」

戸惑った声で春也が言うと、吉島は顔を曇らせ黙り込んだ。吉島に痛ましげに見下ろされ、不安が一気に倍増した。

「春也、そこにいるのか」

ふいに部屋の中から名前を呼ばれ、びくりと肩を震わせる。

「は、はい……」

「早く入ってきなさい」

綿貫の声に促され、春也は仕方なくドアを開けて中に入った。

ドアを開けると、すすり泣いていた声がはっきりと耳に飛び込んできた。衝立《ついたて》の向こうで複数の男が笑っているのが聞こえてくる。それに犬が荒く息を吐く音。すすり泣いている声は甲高いが男性のもので、口走っている言葉が春也の足をすくませた。

「もう許してぇ…っ、あ…っ、あ…っ、ひ…っ、死んじゃう、死んじゃうよぉ…っ」

誰かが泣きながら嬌声《きょうせい》を上げている。犬と同じくらい息が乱れ、異様な臭いが春也の鼻腔をついた。ぶわっと嫌な汗が全身から出て、足が震えた。これ以上先に進んでしまったら、大変なことになると本能的に感じていた。

「おーや、やっと来たね。春也君、私のこと覚えてる？」

衝立の向こうから全裸の太った男が出てきてニヤニヤと笑った。男は勃起《ぼっき》した性器を隠そうともせず、立ちすくんでいる春也に近づいてきた。以前春也の身体を撫で回し、可愛いねぇと囁いてきた中年男性だ。

「ほら、早くこっちに来なよ。面白いものやってるからさ」

真っ青になって怯えている春也の肩を抱き、男が強引に奥へと引っ張る。行きたくはなかったが無理やり奥へ引きずられ、春也はぎくりと身体を強張らせた。

室内の真ん中に裸の青年がいて、その上に犬がまたがっていた。何よりも異常だったのは、犬の性器が青年の尻の穴に深く差し込まれていたことだ。あまりに異質な光景に春也は言葉を失い、全身をわななかせた。

「おお、来たか。お前も一緒に見物しなさい。その方は私の友人だから粗相のないようにな。お前みたいな少年が好きなんだそうだ。お前にも役に立ってもらわんとな」

綿貫は裸の上にバスローブをまとい、酒を飲みながら青年と犬が交尾しているのを面白そうに眺めていた。何が起きているのか理解できず、春也はただ身体を震わせていた。春也の肩を抱いていた男は嬉しそうに笑って、ぐいぐいと春也を引っ張った。

「ああ、本当にすべすべだな。これだから子どもはたまらない」

男はどっかりとあぐらを掻いた膝の上に春也を座らせ、無遠慮に身体中を撫で回してきた。男の酒臭い息がかかり、頬をべろべろと舐められる。目の前では犬に犯される青年の喘《あえ》ぎとも、悲鳴ともつかぬ声が室内を満たし、春也は頭が真っ白になった。

「ひ…っ」

男の手がパジャマのズボンの中に潜り込み、春也の性器を握る。そのまま揉《も》むようにされて、これから何をされるのか想像がついて春也はガタガタと震えた。

「怖いのかい、私は紳士だからね、心配しなくていい。あんなふうに…」

耳朶《じだ》をしゃぶるようにして囁き、男が春也の顎を捉《とら》えた。見せつけるように春也の顔を犯されている青年に向けさせる。

「犬に突っ込まれるのは、君にはまだ早いからね。知ってるかな、犬って入れると何度も何度も射精する。もう三十分以上、あの状態だよ。ほら、彼が喜んでいるのが分かるだろう？　涎《よだれ》を垂らして満足そうだ」

犬に腰を振られ、青年は喜んでいるようには見えなかった。目が虚《うつ》ろになり、ぐったりと汗を掻いている。絶えず甲高い声を放ち身悶《みもだ》えているさまは、吐き気を感じるほど強烈なものだった。

「あ…あ…、あの…」

視界に広がる異常な行為に加え、男が下着をかいくぐり直接性器を扱いてくるのが、我慢できないほど恐怖を駆り立てた。男に触られ気持ち悪さと恐怖にぶるぶると震えた。いっそこのまま死んでしまいたいと涙がこぼれてくる。腰に当たる男の性器はグロテスクなほどで、まともに声も出ないほど恐ろしかった。

「——親父」

泣きながら許しを請おうとした瞬間、聞き覚えのある声がすぐ近くから聞こえた。いつの間に来たのか、一輝が面倒そうな顔をして傍に立っていた。呆然として春也が顔を上げると、一輝は春也を見ることもせず、よく通る声で綿貫に告げた。

「そいつ、返して。俺、他人の手で汚されたもの、好きじゃない」

ハッとして春也が一輝を見つめると、綿貫が気づいて困った顔で笑った。

「ははは、そうか、そうか。何だ、まだ飽きてなかったのか。それじゃ田螺《たにし》さん、申し訳ないけどその子は一輝に返してください」

「ええー、この子目当てで来たのに、そりゃないよ。綿貫さん…」

綿貫の言葉にがっかりした様子で男が春也を腕に抱える。春也は泣くのを懸命に止めて、ハラハラして成り行きを見守った。

「まぁまぁ。今度違う子を調達しますから」

「しょうがないなぁ…」

渋々といった顔で男が春也から手を離す。気が変わる前にと春也は急いで立ち上がり、一輝の傍に駆け寄った。一輝は黙って春也の手を握ると、部屋から連れ出してくれる。背後ではまだ狂宴が続いている。室内に充満する異臭、犬の乱れた息、青年のよがり声、春也は足を速めて部屋を出た。

ドアを閉め、綿貫たちがいる部屋から遠ざかるにつれ、安堵で前がぼやけた。ホッとしたせいもあって、涙がとめどなくあふれる。一輝が来てくれて助かった。今までずっと自分を苦しめている元凶だと思っていたのに、今は救世主に思えてならなかった。

「……今日は俺の部屋にいろよ、親父の気が変わるかもしれねーし」

一輝の寝室に連れて行かれ、淡々とした声で言われた。一輝が握っていた手を離そうとしたので、思わず両手でぎゅっと握り、頭を下げた。

「ありがとう…、ありがとう…、あり…がと…」

ぼろぼろ涙をこぼしながら何度も礼を言った。春也に礼を言われて戸惑ったのか、一輝は少し呆然とした顔をしていた。真っ赤になった目で見上げると、一輝が物憂げに目を逸《そ》らす。

「気持ち悪いよな……」

ぽつりと一輝がこぼし、春也は驚いて目を見開いた。一輝はベッドに腰を下ろし、身を投げ出すように横たわった。

「ああいうの……。ホント、何度見ても理解できねーよ……気持ち悪い」

一輝があの行為を自分と同じように気持ち悪いと感じていたのは、激しくショックだった。今まで綿貫の息子というのもあって、一輝もああいうのを受け入れているものと思っていたのだ。けれど考えてみれば一輝も春也と同じく十三歳の子どもなのだ。どんな環境に育ったとしても、やはり感じ方は同じなのだろう。

「親父、インポなんだって。インポって分かる？　不能。勃起しねーの。セックスはやりつくして飽きたって言ってたな。強烈なことでもしないとまったく感じないいんだって。もっと気色悪いことやってる時もあるよ。何が楽しいのか分かんねぇ…」

淡々と一輝に教えられ、春也は身震いしてベッドに横たわる一輝を見つめた。濡れた頬を擦り、そっと一輝に近づく。

「……俺も、大人になったら…ああいうことするようになんのかな…」

腕で目元を隠し、一輝が呟いた。

自嘲《じちょう》気味な声に、何故か胸が締めつけられるように痛んだ。今まで遠い存在だと思っていた一輝が、身近に感じられ、憐憫《れんびん》の情が湧《わ》いた。こんな立場で憐れみも何もないと思うが、金にも生活にも困らない一輝にも苦痛があると知ったのだ。あんな親の元に生まれ、歪《ゆが》んだ環境に置かれたらどうなるのだろう。

一輝が深い心の底では自分自身を軽蔑《けいべつ》しているのが感じられた。一輝が冷めた目をしている理由の一端に触れた思いだった。

春也はかける言葉を見つけられず、そっと一輝の傍に腰を下ろした。ベッドが沈んだので春也が座ったのが分かったのだろう。一輝が顔から腕を離し、春也を見つめる。

「吉島に感謝しろよ。教えてくれたのあいつだから。もしまた親父に呼ばれたら、先に俺に言え」

「うん」

こっくりと頷いて春也は少しだけ笑顔を見せた。気まぐれかもしれないが、一輝が自分を労《いたわ》ってくれたのが嬉しかったのだ。

「お前、笑うんだ」

春也の笑顔に少し驚いた顔で一輝が目を丸くする。

「一輝さんは……笑わないね」

改めて指摘されると恥ずかしくて、泣いて赤くなった目元を擦る。

「さんはいらねーよ。親父の前だけにしろ。楽しくないのに笑えるかよ」

「俺だってそうだよ」

反射的に言い返すと、一輝が一瞬黙り込み、ふっと笑った。

「そりゃそうか……」

笑うと一輝は見惚《みと》れるほど甘い顔立ちになった。ずっとむっつりした顔しか見てなかったせいもあって、びっくりして一輝を凝視してしまった。そういえばクラスの女子も一輝はかっこいいと噂していた。これまでまともに見ていなかった気がして、春也は一輝をじっと見つめた。

「今日は一緒に寝るか。朝にはあのデブも帰ってるだろ」

布団をまくって一輝が告げる。一輝のベッドは大きくて、子ども二人くらいは余裕で眠ることができた。

友達とも違う、ただの主従関係でもない、一輝とは不思議な距離感があった。

立場はまったく違うのに、どこか似ている気さえする。春也が孤独なのと同じくらい一輝も孤独なのではないかと感じた。

傍にある体温に安堵し、春也はいつしか眠りについていた。

中学二年生になる頃には、一輝はめきめき成長して背も高くなり骨格も大人と見間違えるほどしっかりしたものになった。クラスの女子や、下級生の女の子から告白されるくらい、一輝は目立った存在だ。成績が優秀というだけではなく、クールな印象を与える外見が彼女たちの心を騒がせたのだろう。

綿貫家の財力はかなりあるらしく、行き帰りの送迎をするのは、小さい頃に誘拐されそうになった事件があったからだと知った。一輝のことを影ながら王子と呼ぶ人もいて、女子たちは雲の上の存在と憧《あこが》れている。

一輝との関係は一年が過ぎ、それほど変わっていない。

少し変わったとすれば、二年になってまだ性から遠ざかろうとする春也の性器を、むりやり剝かれてしまったことくらいだ。男子の奴らに馬鹿にされるからと一輝に言われ、自分でもめったに触らない場所を弄くり倒された。ものすごく痛かった。その後一輝に指導され、自慰もしてみたが、やはりあまり楽しくはなかった。快感はあるものの、出した後の憂鬱な気分は言葉では言い尽くせない。子どものままでいたいのに、朝目覚めて夢精しているのが分かると、自己嫌悪が募った。

「北島《きたじま》は毎日やるって言ってたぞ」

学校帰りに一輝が車の中でこっそり教えてくれたことがあった。一輝とわりあい仲のいい男子に北島という子がいて、一輝は週にどれくらい自慰に耽《ふけ》るかという話をしたらしい。その話をする時の一輝は安堵と勝ち誇った色が見え隠れして春也は不思議だった。大きくなってから、一輝が自分の精力は強すぎるのではないかと気にしていたのだと知ったが、この頃はどうしていちいちそういう話を振るのか分からなかった。一輝は春也が自慰しないのを嫌がっていた。もっとしろと露骨に言ってくる日もあった。

他人の性の捌《は》け口になっているという事実は、たとえ一輝を嫌いではなくても春也の心を蝕《むしば》んでいた。どんなに綺麗な服を着ても、美味しいものを食べても、自分は汚れているという意識が拭《ぬぐ》えなかった。それでも平常心を保てていたのは、春也が相手をしているのは一輝だけだったという一点だろう。もし見知らぬ男たちに食い物にされるようなことがあったら、きっと精神がおかしくなっていたはずだ。

一輝に対する同情の念もあった。

よくこんなふうにしていられるな、と感心するくらい、一輝には自由時間というものが少なかった。日々の習いごとだけでも春也からすれば驚異的だ。夕食を食べてから就寝するまでの数時間だけが一輝の時間だ。この生活ならストレスを発散するために快楽を求めるのは仕方ないと思えた。

綿貫家に来てから、両親の行方《ゆくえ》は知らされていない。時々どうしているかと心配になったり、綿貫に売った恨みを思い出したりして日々は過ぎ去った。父母については考えるだけ無駄だと感じ、なるべく思い出さないようにしていた。

中学二年生の期末考査の後、少しだけ変わったことがあった。

珍しく一輝が二位に転落したのだ。二位というだけでもすごいと春也は思っていたので、大したことではないと考えていた。そもそもテスト当日一輝は風邪を引いて熱があり、最後まで答案を埋められなかったと聞いている。

だが綿貫の考えは違った。

朝食の時間になって食堂に現れた一輝の顔は、殴られて腫《は》れていた。ゆうべ父親に折檻《せっかん》されたと吉島から聞き、驚愕の思いで言葉を失った。綿貫は義務教育である中学校で誰かに負けるのは許さないと主張しているらしい。

数日経って、一輝に夜中部屋に呼び出された時は、てっきり性欲を処理するためだと思っていた。だが、部屋に入るなり、一輝はどこかの学校のパンフレットを春也に渡してきた。

「俺、高校はこの学校に行く。お前も来い」

静かな決意を秘めて呟かれ、春也はパンフレットを開いた。屋敷から遠く離れた他県にある全寮制のミッションスクールで、かなりの金持ちが集う学校だ。偏差値も高く、規則も厳しい。山の中にあるような学校で、募集人数も少ない。ぱらりと見ただけで春也には到底手が届かない学力だと分かり、すぐに首を振った。

「無理だよ、俺頭悪いし……」

来いと言われても学年一位の一輝と中の下くらいの春也では学力が釣り合わない。無理に決まっていると首を振ると、一輝が恐ろしい発言をしてきた。

「こっちに残ってもいいけど、俺はそこに行くぜ。俺がいなきゃお前、親父の客人たちに何されっか分かってんだろうな」

呆れた声で告げられ、いきなり目が覚めた。

一輝の言うとおりだった。一輝がこんな遠い学校に行ってしまうなら、春也の存在自体が意味を失う。そうでなくても時々綿貫が「まだ飽きてないのか?」と一輝に探りを入れているのを知っていた。発育の悪い春也はまだ少年体型で、そういうのをいたぶるのが趣味の男が、てぐすね引いて待っているという。

「ど、どうすれば…? 俺、無理だよ…っ、こんな…っ」

急に真っ青になって声を震わせた春也に、一輝はため息を吐いた。

「無理とか言うな、やるしかねーだろ。残りたくなけりゃ死ぬ気で勉強しろ。夕食の後でいいなら俺も見てやるから」

とんでもない事態に陥った。一輝が近くの高校を選んでくれればいいのにと最初は恨みにも思った。だが長い目で見れば、確かに高校生活の三年間を屋敷から出られれば、それだけ危険は遠ざかる。やっとそれに気づくと、春也はわき目も振らず勉強に励み始めた。一輝は自分も疲れているだろうに、夕食後は春也の勉強も見てくれた。むろん時々奉仕させられたが、以前に比べて回数が減っていた。一輝はこれだけの学力があっても、本当に受かるかどうか心配な様子だ。

おそらく一輝は一輝で父親の呪縛《じゅばく》から逃れたかったのだろう。そこに何故春也も入れてくれたのか分からないが、その頃は必死で勉強していた。

三年になり、一輝のおかげで春也の学力はかなり向上していた。一番調子のいい時は十位に入ったこともあり、一輝のほうが誇らしげだったくらいだ。

一輝が一番心配していたのは、一輝が行きたい学校を綿貫が許可するかというだけだった。これに関しては今のうちに人脈を作るのもいいだろうと意外にも許しが出た。一輝が目指した栖鳳《せいほう》学園は、相当金を積まないと入れないと言われている学校で、級友は当然同レベルの金持ちが多い。学校はセキュリティーもしっかりしているし、待遇もふつうの学校とは比べ物にならない。春也も一緒という点だけは難色を示したが、一輝が身の回りの世話をする奴がほしいと言うと了承してくれた。

受験のシーズンが訪れ、一輝は春也と二人、無事に栖鳳学園に合格した。その時だけはまるで昔からの友人のように一輝と喜びを分かち合った。

春也にとって、この三年間さえ我慢すれば、自由になれるという折り返し地点への到達だった。

■2　十六歳の春

桜の季節が過ぎ、窓から見える景色は青々とした緑一色に変わった。

全寮制の栖鳳学園《せいほう》に入学して一ヶ月が経ち、春也《はるや》は覚えることが多くて目まぐるしい日々を送っている。綿貫《わたぬき》家から離れ、一輝《かずき》と共にこの学園に入学した。山間部にそびえ立つ栖鳳学園は建物の周囲をぐるりと高い壁に囲まれ、二十四時間体制で警備されている。一クラス十五人弱という少数で、全学年合わせても二百人しかいない。ミッションスクールなので日曜の礼拝があり、春也にとってはまごつくことが多い。理事長がイギリス人で、入学した生徒の半数は日本人ではない。一つ上の学年には亡命してきた小国の王子もいると聞いた。

全寮制の男子校と聞き、どれほど閉鎖された空間なのかと入る当初は不安を覚えたが、いざ入ってみるとこれはこれで悪くないものだった。一輝と相部屋になり一輝の身の回りの世話をしなければならないとしても、いつ綿貫からの呼び出しがあるか分からない屋敷での生活よりはずっとマシだった。最初は何もしないと思っていた一輝は、ここに来てがらりと変わった。以前より明るい顔をするようになり、自分から積極的に周囲に話しかけ始めた。中学生の頃は金持ちだからと陰口を叩《たた》かれるのが嫌いだったのに、この学園に来て周囲が同レベルの生活だと知り殻が破けたようだ。

「生徒会執行部に入るから、お前も入れ」

先月はそんなことを言い出して春也を慌てさせた。生徒会執行部は生徒会の補助をする部活で、次期生徒会役員の候補者が入る。校内でも目立つし、教師からもあれこれ頼まれることが多い。ただでさえ金とは縁遠い春也が、こんな身分違いの学校に通うだけでも肩身が狭いというのに、これ以上目立つ要素は作りたくなかった。

「俺はいいよ、一輝だけ入ればいいじゃない…」

逃げ腰で首を振る春也に、一輝はあいかわらず我を押し通した。多分あれこれこき使うためなのだろうが、最終的には「俺の言うことが聞けないのかよ」と言われ、泣く泣く入る羽目になった。結局のところ一輝がしたいと言ったものに対して、春也は逆らえないのだ。

最初は嫌でたまらなかった執行部だが、春也の立場を知らないというのもあって、春也をふつうに扱ってくれたし、メンバーは気さくで面白い人が多かった。中でも吾妻祐司《あづまゆうじ》という隣のクラスの子は、春也と同じように無理やり執行部に入れられた経緯も似ていて話が合った。目が大きくていつも笑顔で、女の子と間違われそうなほど可愛い子だ。幼馴染《おさなじ》みの清水壮太《しみずそうた》と一緒にこの学校に入った祐司は、誰にでも優しく学年でも人気者だった。男子校の中で人気者というのも変な話だが、同性でも思わず見惚《みと》れてしまうような可愛さが彼にはあった。

「あー俺、祐司とハルが並んでるの見るの好き。癒されるわ」

授業の後は生徒会室に溜《た》まることが多くなり、春也はその中でも祐司と一緒にいることが多かった。他の執行部員は一癖ある者が多く、話すのに気構えがいる。基本的にここの生徒は金持ち特有の見下し感があり、礼儀作法がなってない人間に対し侮蔑《ぶべつ》する傾向があった。春也が楽になれるのは事情を知っている一輝と、おっとりした祐司といる時だけだ。祐司はのんびりすぎるくらいのんびり屋で、春也がどんな馬鹿な発言をしても笑って受け入れてくれる。

そのせいか一緒にいると、よく生徒会会長であるクリスが「和む」と目尻《めじり》を下げた。クリスはイギリス人で大使館員の息子だ。父と一緒に来日して、この学園に入れられたと聞く。外見は目鼻立ちがはっきりしていてもろイギリス人、といった感じだが、流暢《りゅうちょう》な日本語を操り、日本の文化によく精通している。目を閉じて耳だけすませていれば、クリスは今時の若者と何ら変わりない口調だ。持ち前の明るさで生徒会会長に選ばれ、仕事の合間にも春也や祐司に面白い話を聞かせてくれた。

「まぁ確かに……。ハルと祐司が話していると、和むな。今年の一年は可愛げのない奴が多いせいだろう」

クリスに合わせて、隣に立っていた高嶺《たかね》がメガネを指で押し上げ笑った。副会長である高嶺はメガネをかけた長身の男だ。理知的な顔をしていて、喋《しゃべ》る時じっと目を見て話すので春也は苦手だ。他にも二年生には書記が二人と執行部員が五人いる。一年生の執行部員は春也たちを含めて七人で、内二人は韓国人とインド人だ。執行部は校内で行われる行事や部活の会計なども取り仕切っていて、思ったよりも忙しい。

一輝は同じクラスの壮太やインド人のハマルと仲が良く、執行部でもしょっちゅう討論を交し合っている。この三人は意見がぶつかり合うことが多く、三人とも引かない性格なので執行部では喧騒《けんそう》が絶えない。そのわりに部活を離れると楽しそうに笑い合っているのが春也には謎だ。生まれてからずっと自分の意見などほとんど口に出したことがない春也にとって、本音でぶつかり合ってもなお仲良くしている三人が不思議でならなかった。

「そういやハルって自由日でも、ぜんぜんここ出ないんだってな。息苦しくねーの？」

職員に渡す資料をホッチキスで留める仕事をしている最中、クリスに不思議そうに聞かれた。五月も終わり頃になると、ホームシックになる者や、都会の喧騒が恋しくなって自由日に羽目を外す生徒がちらほら出る。ここでは日曜以外は学校から離れてはならない規則があり、門限も厳しい。その中で春也だけはまだ一度も学校を出ていないと、どこからか聞きつけたのだろう。

この学校にいられるのも、綺麗な服を着ていられるのも綿貫家のおかげだ。これ以上無駄な金を遣いたくなかった。月にいくらか小遣いをもらってはいるのだが、これに関しては以前吉《よし》島《じま》から意外な事実を聞き、余計に無駄遣いできなくなった。

春也がもらっている小遣いは、一輝から出た金だという。綿貫は多分春也を住まわせるだけで十分と思い、小遣いなど考えもしなかったのだろう。吉島に一輝が頼み、自分の小遣いの中から春也に分け与えてくれと言ったらしい。この事実を知った時、ありがたいと思う半面、屈辱的なものも感じていた。結局施しを受けるしかない立場を思い知り、一輝には素直に礼を言えなかった。それもあって未だに吉島から金を受け取り続けているが、必要最低限しか遣っていない。できたら高校を卒業する時にでも返そうと思っている。

そういった理由があったので、春也は他の生徒と同じように街に下りてＣＤやゲーム、菓子といった娯楽品に散財する気になれなかった。

「別に行くとこもないんで…」

執行部員は他にもいるのに、クリスや高嶺が春也を気にかけてくれる気持ちがよく分からなかった。いつも曖昧《あいまい》にしか返事をしないし、祐司のように可愛いわけでもない。中学生の頃低かった身長も今ではずいぶん伸びた。一輝がびっくりするほど成長してしまい、横に並ぶと小柄に見えるが、それでも百六十センチは越した。

「じゃさ、今度俺と一緒にカラオケ行こうぜ。俺、上手《うま》いよ。なぁ、高嶺も行くし。行くよな？　高嶺。祐司も行こうよ」

クリスがノートパソコンを覗《のぞ》いている高嶺と祐司に声をかける。

「俺は、別に構わんが…」

高嶺が目を上げて答える。

「カラオケって――」

「いや、俺は別に、いいです」

祐司の言葉を制すように、春也は首を振った。生徒会長からの誘いを断るのは気が引けたが、行く気がないのに期待させる返事はできない。

「えー行こうよ、ハル音痴？　俺、もっとハルと仲良くなりたいなー。いいじゃん、たまには学校から離れて遊ぼうぜ」

クリスは人なつこくて、いつも甘えた顔で周囲の人に言うことをきかせてしまう。熱心に誘ってくる気持ちは嬉《うれ》しかったが、春也は困った顔で「ごめんなさい」と謝った。

「あんまり外に出たくないんです…」

他に言いようがなくてそんな答えしか返せなかった。

「うーん、やっぱり先輩相手だと気楽に遊びに行けないんですよねー」

クリスのねだるような顔に腰を引いていると、高嶺のパソコンを覗き込んでいた祐司がにこにこと笑って間に割って入ってきた。

「まだ入学して二ヶ月ですしー、しかも生徒会長相手では腰引けちゃいますよー。クリス先輩、遊び人って噂もありますしー」

祐司はいつも間延びした喋り方で、相手に警戒心を与えない。クリスにそんな噂があったとは知らなかったが、祐司が割って入ってくれたおかげでクリスが誘いをやめてくれたのは助かった。

「ちぇー。俺、超真面目《まじめ》なのに。まぁいいや、じゃあもっと仲良くなってから誘う」

つまらなさそうな顔でクリスが仕事に戻り、春也の横に祐司が座る。祐司は春也の仕事を半分受け持ってくれて、仕事の合間に目が合うと笑いかけてくれた。

「ハルもてるねー」

楽しそうに祐司に笑われ、春也は苦笑してこっそり礼を言った。ちょうど職員室に行ってい

た一輝と壮太が帰ってきて、クリスのところへ報告に行く。もうすぐ体育祭があるので、教師との打ち合わせと各部の進行をまとめてきたようだ。人見知りする春也は執行部に入る時も雑用しかしたくないと言ってあるので、各部の部長とのコンタクトや教師への要望などは一輝たちに任せている。

「春也、これコピーとってきて。十部ずつ」

忙しそうにしている一輝が部屋を出て行くまぎわ、押しつけるように紙の束を手渡してくる。

「うん、分かった」

頷いて紙の束を受け取ると、一輝は返事も確認しないで忙しく部屋を出て行く。近くにいたクリスがまだ今の仕事も終わってないのに、という目で見つめてきたので、慌てて作業の手を速めた。

学園生活は春也にとって楽なものだった。怯《おび》える心配もないし、寝るのも食うのも困らない。後はひっそりと三年を過ごせればいいだけだった。

校舎と併設して建てられている寮は、寮という呼び名が不似合いなほど豪華な宿舎だ。寮には個室と相部屋があり、どちらも広さはそれなりにある。一輝が相部屋を希望したので春也は三年間３０１号室で過ごすことになった。

　寮の部屋にはシングルベッド二つとそれぞれの勉強机が二つ入っても、まだスペースが余っている。寮には大浴場はあるが、それぞれの部屋にユニットバスもついていて、寮というよりホテルに近い。洗濯物は指定された場所に置けばいいだけだし、食堂は消灯時間まで開いている。生徒がするのは部屋の掃除くらいで、暮らしていく分にはほとんど不都合がない。ただしそれは学園の敷地内のみの話で、日曜の朝の礼拝をサボったり脱走したりする生徒には厳しい罰則が命じられる。噂では軟禁部屋というのがあるらしく、そこは窓もなく真っ暗で一晩いるだけで気分が悪くなるそうだ。

　起床時間や消灯時間には寮内に放送がかかるので、春也が想像していた点呼を取りにくる寮長の姿はなかった。寮の出入り口や敷地内には監視カメラが多く設置されているので、点呼を取る必要はない。

「春也、して」

　一輝は消灯時間が過ぎた後、寝つけなくなるとよく春也を起こして口で愛撫《あいぶ》をさせた。高校生になり、一輝は目立つ風貌になった。身長は百八十センチを越したし、顔も頰《ほお》の肉が削《そ》げ落ち、一緒に街を歩いていると女の子が振り返るほどかっこよくなった。それだけでなく裸になると引きしまった筋肉をしているし、何よりも下腹部はかなりの成長を遂げていた。口で頰張《ほおば》ると大きくて苦しいくらいで、自分のモノと比べると本当に同じ男かと思うくらい立派になった。最近一輝は口で愛撫してもなかなか射精しなくて、最後のほうは顎《あご》が痛くなるくらいだ。中学の三年間ずっと春也にしかやらせていないのだから当たり前なのだが、一輝が最初の時ほど興奮しなくなっているのは確かだった。そのうち一輝が飽きたと言い出して春也を放り出すのではないかと心配だ。

その日も暗闇《くらやみ》の中、一輝の性器を懸命に口で扱《しご》いた。一輝はすぐに勃起《ぼっき》するくせに、春也の舌に刺激されてもかすかに気持ちいい息をもらすだけで達してくれない。一輝の性器を銜《くわ》えながら顔を上下させ、春也は苦しくなって吐息をこぼした。

「……なぁ、お前いつオナニーしてんの?」

壁に背中を預けていた一輝が、性器を銜えている春也の髪を撫《な》でて尋ねてくる。春也は銜えていた性器から口を離し、暗闇の中一輝を見上げた。

「あんましてないけど……風呂入った時とか…」

あいかわらず自慰はしていない春也だが、あまり溜め込むと下着を汚すというのも分かっていたので、定期的に射精はしていた。

「ちょっと下、脱げよ」

潜めた声で一輝に命じられ、春也は戸惑って身を引いた。一輝は時々春也を全裸にしてフェラさせることがあるが、下だけ脱げというのは珍しかった。一輝の言葉に逆らえるはずもなく、春也はパジャマのズボンと下着を脱いでベッドに置いた。

「あ……っ」

ふいに一輝に性器を握られ、びっくりして春也は後ろへ下がろうとした。

「じっとしてろ」

低い声で制され、春也は膝を抱えて赤くなった。一輝は春也の性器を乱暴な手つきで扱き上げる。今まで触られることはあっても、こんなふうに快感を引き出す接触は初めてで、春也はぎゅっと唇を噛《か》んで硬直していた。一輝の手に煽《あお》られ、あっという間に性器が勃起する。

「もっとこっち来い。くっつけたい」

勃起した性器から手を離し、一輝が春也の腕を引っ張る。性器同士を触れ合わせたいのだと分かり、春也はおずおずと一輝に近づいた。あぐらを掻いている一輝とどう接していいか悩んでいると、「乗っかれ」と腰を引き寄せられる。一輝の膝の上に跨《また》がるという格好は、高校生にもなってするものではない。春也が戸惑って一輝の肩辺りに手を置くと、ぐいっと乱暴に背中を抱き寄せられた。

「やりづれぇな。もっとしがみつけよ」

一輝は単にやりづらかっただけだろうが、たくましい腕に抱きしめられて、ずきりと胸が痛くなった。自分でも何故か分からないが、一輝に抱きつくという行為に惧《おそ》れを感じていた。春也がすっぽり抱え込まれてしまいそうなほど大柄な身体に、勝手に鼓動が速まっていく。

「はぁ…、は…」

恥ずかしかったので一輝の肩に顔を埋めるようにして密着した。一輝は大きな手で自分自身の性器と春也の性器を一まとめにして手で扱き始めた。

強烈な快感が身の内を駆け巡った。

一輝の性器と自分の性器が擦り合って、カーッと腰に熱が広がっていく。自慰では知りえなかった深い快感に、春也は怯えて一輝に強くしがみついた。

「…っ、……っ」

ぐちゅぐちゅという濡れた音が、すぐに耳に響いた。

「何だよ、お前……。これ気持ちいいのか?」

春也の性器から先走りの汁があふれてくるのが一輝にも分かったらしい。それまでの乱暴な扱き方をやめ、ゆっくりと焦《じ》らすような動きで手を上下させた。そのたびに春也は腰をびくりびくりと蠢《うごめ》かせ、懸命に声を我慢して一輝にすがった。乱れてしまう息を堪《こら》えるのは大変で、そのせいで鼻息が荒くなってしまった。

「あ…っ、や…っ」

絶頂が訪れるのはすぐで、一輝に腰を揺すられて、気づいたら声を出して一輝の手の中で射精していた。こんなふうに早く達してしまったのは初めてだった。他人にされるという行為がどれほど気持ちいいか思い知らされたくらいだ。

「はぁ…っ、はぁ…っ、はぁ…っ」

ぐったりして一輝にもたれかかっていた春也に、一輝が戸惑った声を出す。

「大丈夫か……？」

まだ互いの性器を握ったまま、一輝が空いた手で春也の背中を撫でる。射精しただけでぐったりしてしまった春也に、一輝も面食らっている。急に恥ずかしくなって春也は身を起こし、一輝を見つめた。

暗闇の中、ふっと視線がぶつかり、春也は動揺して目を伏せた。

自分の姿を見られているのが、猛烈に恥ずかしくなったのだ。

「……あ…っ」

一輝が手を動かし始め、春也は不意を衝かれて甲高い声を上げた。暗闇の中、聞いたこともない自分のかすれた声が響き、焦りを覚えた。一輝はまだ達していなかったのもあって、再び性器を擦り合わせ、刺激を与えてくる。一度達したはずなのに、春也はまた下腹部が熱を帯びるのを感じ、慌てて首を振った。

「お…俺はもう…いいから……、…ぁ…っ」

一輝の手を離そうとして身をよじったが、意外にも強い力で腰を抱え込まれ、身動きできない。一輝の手の中で、下腹部がまた熱を持つ。ただでさえめったに自慰なんてしないのに、二度も続けて射精した経験などなかった。

「いいから……逃げんなよ。お前、もう一回イけそうだろ……？」

耳元で囁《ささや》かれ、羞恥心《しゅうち》を覚えて顔を背けた。

春也が興奮しているのと同じくらい一輝も興奮していた。互いの張り出した部分を擦り合わせ、春也が出した精液を絡める。もう絶頂を迎えそうだと思ったとたん、一輝は一度手を離し、春也の性器だけを握って激しく手を動かしてくる。

「は…っ、な、に…っ、ぁ…っ」

性器を扱かれ、先端の小さな穴を爪で引っかかれる。自分だけ弄られている状況に戸惑って引っくり返った声を上げると、一輝がわざと音を立てて手を動かした。

「イきそうになったら言えよ……?」

乱れた呼吸で命じられ、春也は激しく息を荒げ声を詰まらせた。喘《あえ》ぎ声は思ったよりも室内に響き、隣室の生徒に聞かれるのではないかと不安でたまらない。

「も…っ、駄目…っ」

切羽詰まった声で訴えると、一輝が再び互いの性器を一まとめにして扱き始める。

「う、く…っ」

「はぁ…っ、あ…っ」

絶頂に達したのはほぼ同時だった。びくびくっと大きく身体を震わせ、思いの丈を吐き出す。一輝の手に収まりきらなかった精液がパジャマを汚した。それが分かっていても互いに身動きできず、しばらくは息を荒げていた。

二度の射精は疲労を生んだ。春也は一輝の身体にもたれ、治まらない激しい鼓動に動揺していた。


五月末に行われた体育祭の日は、よく晴れて過ごしやすい一日となった。

一年生から三年生までのクラスごとの縦割りのチームに分かれ、グラウンドと山の中を駆け回る。金持ち学校なのだから特別な競技でもあるのかと思ったが、内容はふつうの学校とさして変わりない。しいていえば種目の一つに山の中のオリエンテーリングがあり、毎回道に迷って遭難者が出るというくらいだ。そのためこの競技に参加する生徒は、必ず発煙筒を渡されるとか。もし遭難したらそれを打ち上げる決まりだそうだ。

春也はそれほどスポーツが得意というわけではなかったので、リレーに出るくらいだった。後は看護班として養護教諭の手伝いをしている。

「ハル、ハル」

祐司と一緒にテントの中で談笑していると、体育着に短パンといった格好でクリスが駆け寄ってきた。クリスは生徒会長としての職務を忘れ、クラス対抗に燃えている。

「会長」

怪我《けが》する生徒もなく、看護班は思ったより暇だった。クリスが怪我でもしたのかと思って救急箱を目で探すと、クリスは春也の腕を摑《つか》んで顔を近づけてくる。

「ねぇハル。次の徒競走で一位とったら、デートして」

軽い口調でいきなり言われ、春也は面食らってクリスを見つめた。次の徒競走は選抜選手が走るもので、学年別ではない。陸上部の選手も走るくらいで、そこで一位をとると言い出すクリスの自信に目を瞠《みは》った。しかもデートとはどういう意味だろう。男同士で使う単語ではない。

「え、でも次の競技……一輝も走りますけど」

ついそう言ってしまったのは、一輝の足が速いのを知っていたからだ。一輝は中学生の時も陸上部の選手より速かった。習いごとをしていたので部活はできなかったけれど、おそらくもし許されていたら陸上部に入ったはずだ。

「一輝が何だっつーの。俺、勝つよ。いい？　約束したからね、ハル」

ムッとした顔でクリスは春也の腕を離し、グラウンドを駆けていった。呆気《あっけ》にとられてその場に立っていると、傍の椅子《いす》に座っていた祐司がおかしそうに笑い出した。

「会長、ハルのことすごい好きだよねー」

「からかうなよ、祐。会長が俺なんか相手にするわけないだろ」

祐司の隣に腰を下ろし、中央に選手が集まっていくのを見守る。祐司は肘《ひじ》で春也の脇《わき》をつくと、もっと近くで見ようよ、と告げて春也の腕をとった。祐司に腕を摑まれて、ふっと先ほどのクリスの手のひらが熱かったなと頭の隅で思い出した。きっと動き回っているせいだろう。

「あ、一輝と会長レーン隣だ」

祐司に引っ張られ、放送席の近くまで来て徒競走を見守った。二百メートル走には陸上部のメンバーや一輝の姿が見える。一輝はクリスと何か話していて、遠目から見ても二人とも戦意がみなぎっているのは分かる。

「ハルってさぁ、ちょっと翳《かげ》があるよね」

斜めのラインに並んでいる選手を見つめ、ふいに祐司が呟いた。どきりとして思わず振り返ると、いつもの優しげな顔で祐司が笑った。

「何だか寂しげっていうか…そういうとこ、会長放っておけない感じがしちゃうんじゃないかなー」

祐司の言葉に曖昧《あいまい》な顔で笑い返し、春也はグラウンドに目を向けた。ちょうど合図のピストルが鳴り響き、一斉に選手が走り出す。六人の選手が斜めのラインを描き、それが徐々に崩れていく。春也は誰も応援する気はなかったはずなのに、気づいたら一輝が疾走している姿に目を奪われていた。選手が横並びになると、一輝とクリスが競り合っているのが見えた。二人ともほぼ同時に風を切っていたが、少しずつ後ろから陸上部のエースが彼らを追い抜いていく。

「会長、一輝、がんばれーっ」

横で祐司が大声を張り上げていた。慌てて春也も二人を応援する。ゴールが間近に迫り、大きなストライドで一輝が走り抜ける。

テープを一番先に切ったのは、陸上部のエースだった。続いて一輝とクリスがほぼ同時にゴールインする。当たり前といえば当たり前の結果なのに、終わったとたんホッと肩から力が抜けた。陸上部のエースがいてくれて助かった。もしいなかったらどうなっていたか分からない。クリスは軽い気持ちで誘ったのかもしれないが、あまり誰かと親密になりたくなかった。

「すごかったねー二人とも。あっ、健闘を称えに行こうよー」

はしゃいだ祐司に引っ張られ、競技を終えてグラウンドから出て行こうとする一輝とクリスに駆け寄った。クリスはどんよりとした顔をしていて、彼らしくもなくうつむいている。

「すごかったですよ、会長ー。一輝もはっやーい」

暗い顔をしているクリスに向かって祐司が拍手を贈っている。春也も笑顔を作って一緒に拍手した。

「そうですよ、すごかったです。一輝も……、あ、タオル持ってこようか？」

肩の辺りで汗を拭《ぬぐ》っている一輝を見つけ、春也は身体の向きを変えた。

「ついでにジャージ取ってきて」

タオルを取りに行こうとする春也に、いつもの調子で一輝が告げる。とたんにクリスが顔を上げ、腹立たしいといった手振りで一輝を睨《にら》みつけた。

「お前、それくらい自分で行けよ！」

「え？」

急に怒り出したクリスに一輝がぽかんとしている。一輝はまったく分からないといった顔でクリスを見返していたが、すかさず祐司が割って入り、一輝の背中を押した。

「一輝、ハルと一緒に取りに行けば？　ほら、ついでにエネルギーの補給でもしてさ」

強引に一輝を押し出し、不満げな顔をするクリスを祐司がなだめる。一輝は不可解な顔をしていたものの、春也と並んで校舎に向かった。

「何かしらねーけど、会長って俺のこと嫌ってねーか？」

一輝の呟きにひやっとするものを感じ、さぁと曖昧な顔で笑っておいた。

グラウンドから離れ、ひっそりと静まった校舎に足を踏み入れる。一輝は教室にジャージを置いてきてしまったらしく、二人で他愛もない話をしながら誰もいない教室に足を踏み入れた。午後をすぎ、日が陰ってきていくぶん肌寒くなった。一輝はジャージの下を穿《は》き、上衣は肩に引っかけて髪を掻き上げる。

「咽渇《のど》いたな。食堂に飲みに行こうぜ」

一輝はもう出る競技はないらしく、少しだけ物足りなさそうな、それでいて満足げな顔をしていた。春也は言葉少なく廊下を歩き、誰もいない教室を横目で眺めた。ふだんは必ずどこかに生徒がいるのに、まるで一輝と二人だけでこの校舎を占領してしまったみたいだ。そんな子どもじみた発想に、小さな笑みがこぼれた。

「こういうの、いいな。誰もいない教室って」

何げなく一輝が囁《ささや》き、どきりとして春也は顔を上げた。不思議そうな顔をしてしまったのだろう。目が合った一輝が苦笑して立ち止まる。

「何だよ?」

自分も同じこと考えた。

そう言おうかと思ったが、春也は黙って微笑《ほほえ》んで歩き出した。

「ううん、何でもない…」

一輝もつられて歩き出す。人けのない廊下はひんやりとした空気があって、春也は知らず知らずのうちに一輝と寄り添って歩いた。もうすぐ夏がくる。そうしたら夏休みだ。一輝はどうするつもりだろう。帰省するなら、春也も帰らなければならない。

「こういう行事って、けっこう楽しいもんなんだな」

一輝の呟きに春也は小さく頷いた。


栖鳳学園の学力はそれなりに高かったので、授業内容についていくのはなかなか大変だった。特に英語の授業はイギリス人の教師で、日本語は一切禁止とされているから頭がこんがらがる。

他にも第二言語としてドイツ語やフランス語、中国語といった学科も選べて、クラスの枠を超えて授業が行われる。クラスが少人数というのもあって、レベルは高いがほぼマンツーマンで教えてくれるので分かりやすい。七月の半ばには期末考査があって、寮に戻っても教科書を開く日が多くなった。

勉強に飽きてくると、一輝は春也を誘ってベッドで戯れる。一度互いの性器を擦り合わせて達して以来、一輝は春也の性器をよく弄《いじ》るようになった。お互いの性器を扱きながらするのは嫌いではないが、自分でするより何百倍もよくて、声を抑えるのが苦しかった。一輝がしたがるから、以前に比べかなりの頻度で射精するようになり、性に対する感覚が変わってしまった。以前は触るのも苦手だった場所なのに、一輝にしてもらえるのを心待ちにする時もあるくらいだ。

ただ、している最中に一輝にじっと顔を覗き込まれるのは、あまり嬉しくなかった。下腹部を晒《さら》し合い、互いの性器に手を絡めている最中、いつもといっていいほど一輝は人の表情を観察している。

「何で俺の顔見てんの……？」

息を乱しながら尋ねると、一輝は剝《む》き出しの性器の先端を擦り、少し笑った。

「顔見てりゃ、お前がイきそうな時分かるから。お前すぐイっちゃうだろ。先に出すと何か冷めるじゃん、できたら一緒にイきたい」

出すのが早いと露骨に言われ、春也は真っ赤になって顔を背けた。自分だってもう少し我慢したいと思うのだが、一輝に触られるとどうしても耐え切れずすぐに射精に至ってしまう。

「だったら俺の……触らなければいいじゃない…」

腰をびくびくさせて一輝の手を押しのけようとすると、笑ってぎゅっと根元を握り、先端を手のひらで撫でられる。

「う…っ、く、…っ」

春也が先に射精してしまう原因は、一輝に弄られて気持ちよくなってしまうあまり、一輝の性器を扱く手がおろそかになってしまうからだ。一輝はわざとやっているとしか思えないやり方で、春也の性器を煽ってくる。

「もう駄目…っ」

一輝は春也が感じる部分が分かるみたいで、緩急をつけた動きで絶頂に促される。覚えた数式も吹っ飛んでしまいそうなくらい、一輝との触り合いは気持ちよかった。

期末考査が近づいたある日曜日、生徒会執行部は生徒会室に集まって勉強会を開いていた。クリスも高嶺も学年上位に入る頭脳の持ち主なので、一年生に質問されて答えられない問いがなかった。とはいえ生徒たちが集まると勉強以外に話題が逸《そ》れるのは当然の話で、夏休みはどうするかといった内容で盛り上がっていた。海外へ行くというブルジョワな話についていけなくて、春也は参考書を寮に忘れてきたと告げて生徒会室をそっと抜け出た。

「ハル、待って」

廊下を歩いている途中、後ろからクリスが追いかけてきて声をかける。クリスはTシャツにジーンズというラフな格好で、伸びた金髪がウェーブを描いている。山奥の学校というのもあって、散髪しに行くのが面倒だと言っていた。春也はいつも一輝に連れられて二ヶ月に一度は街に下りて髪を切ってくる。

「会長」

「寮に行くんだろ？　俺もついでに取ってきたい物があるから一緒に行く」

爽《さわ》やかな笑顔でクリスが横に並び、他愛もないおしゃべりを始めた。春也はクリスの話に相《あい》槌《づち》を打ちながら、校舎を出た。

寮は校舎のすぐ真後ろに連なっていて、寮までの道には暑さを軽減するかのように校舎の影ができていた。蟬《せみ》の鳴き声がうるさい。クーラーの効いていた校舎から出ると、むわっとした暑さが肌にまといつく。それでも山の中とあってか、嫌な暑さではなかった。

「ハル、夏休みはどうするの？」

他愛もない話にまぎれ、クリスが窺《うかが》うような目で尋ねてきた。

「えっと…」

どう答えようか迷っていると、クリスが咳払《せきばら》いして髪を搔き上げる。

「俺、夏休みは毎年イギリスに帰るんだよね。それで……その、ハルも一緒に来ない？　いつも夏休みはコーンウォールの田舎《いなか》に行くんだ。一緒に乗馬とかできたら最高だなって思って」

「えっ」

突然の誘いにびっくりして春也は目を丸くした。

「無理です」

即座に断ってしまって、クリスが絶望的な顔を見せる。その顔を見たら何だか申し訳なくなって、春也は両手を合わせた。

「ごめんなさい、お誘いは嬉しいけどパスポート持ってません」

海外旅行なんて自分には夢のまた夢だ。費用なんてあるわけない。まさかクリスがそんな誘いをしてくると思っていなかったので、驚きのほうが強かった。わざわざ田舎に帰るのに、何《な》故《ぜ》自分まで連れて行くのか。

「パスポート……今からとるとか、駄目？　俺、ハルに生まれ故郷見せたいな。あ、もちろん変な気持ちは抜きにしていいから！　軽い……避暑地に行くような気持ちで。もしハルがいいよって言ってくれたら、俺が飛行機とか手配するし」

やけに熱っぽい声でクリスが口説いてくる。クリスは時々こんなふうに春也を特別に感じているような台詞《せりふ》を告げてくるので、春也は戸惑うばかりだ。

「高嶺さんとかも行くんですか？」

不審に思って尋ねてみると、何故か急にクリスが黙り込んで春也を見つめた。

「ハルは……俺と二人じゃ、嫌？」

真剣な声で聞かれて、春也はどきりとして立ち止まった。もう目の前は寮で、すぐにでも飛び込みたいような気に駆られた。クリスの視線は熱を孕《はら》んでいて、これ以上春也にもごまかしきれないものを感じさせた。クリスは嫌いではないし、むしろ優しくて明るくて好きな先輩だ。だが春也は彼の気持ちに応《こた》えられるような境遇にはない。考えるまでもなかった。

「俺……困ります」

他に言いようがなくて春也はうつむいて答えた。とたんにクリスが焦った様子で両手を振り回し、春也の腕を引っ張った。

「ごめん、そんな困った顔させるつもりじゃなかった。今の、忘れて。あ、でも遊びに行きたくなったらいつでもオッケーだからね」

ふだんの倍明るい口調でまくしたて、クリスが寮の門を開いた。クリスが引いてくれたのにホッとして、春也は自分の部屋へと戻った。

もしかしてクリスを傷つけてしまっただろうか。クリスほど明るくて人気者ならたとえ同性でも他にいくらでも相手がいそうなのに、何故わざわざ自分に声をかけてくるのか分からなかった。いつも話は聞き役だし、これといって自己主張もしない。イギリス人から見たら、苦手とする日本人の見本みたいなのに。

クリスの誘いに気分は動揺したが、教科書を取って寮を出る頃にはふつうの顔ができるようになった。クリスもいつもどおりの顔になって、世間話しか振ってこない。気を遣わせているな、と申し訳なかったが、あえて春也は気づかぬ振りをした。

生徒会室に戻ると、半数は食事を取りに食堂へ行ってしまったらしく人数が減っていた。室内には一輝と高嶺、壮太と祐司しかいない。すっかり教科書は閉じられ、クーラーの下に集まって話をしている。

「おっかえりー。会長、ちょうどハマルがアイス買ってきてくれましたよー」

祐司がビニール袋をクリスと春也に差し出して笑う。買い物に行ったついでにハマルは大量にアイスを購入してきたらしく、友人たちに配り歩いているという。春也はバニラのカップアイスをもらい、一輝の傍にしゃがみ込んで食べ始めた。クリスは高嶺と何かこそこそ喋っている。自分の話かもしれないと思うと気になってたまらなかった。

すでに食べ始めていた一輝たちは空の容器をビニール袋にしまい、物足りなさそうな顔をしている。アイスを食べていると咽が渇いてきて、水が飲みたくなった。

「春也、それ食べ終わったらジュース買ってきて」

ポケットから財布を取り出し、いつものように一輝が言ってくる。一輝は春也があまりお金を使いたがらないのを知っているので、こういう時は必ず財布を手渡してくる。一見顎で使っているように見えるかもしれないが、これは一輝の優しさだと思っている。自然におごってもらう形にしてくれるからだ。

「ちょい、一輝」

　頷いて財布を受け取ったところで、いきなりクリスが不機嫌な声を出した。

「前々から言おうと思ってたけど、何でお前いつもハルを使ってるんだよ。ジュースくらい自分で買いにいけばいいだろ」

　苛立《いらだ》った声でクリスに言われ、一輝は戸惑った目でクリスを見た。やけに苛立ったクリスの声に壮太と祐司も興味深げに見つめてくる。

「いいんです。――こいつは俺のなんだから」

　何でもないことのように一輝が告げて、一気に場が静まり返った。一輝の言葉にそこにいた皆も固まったが、春也もショックを受けて硬直した。一人一輝だけは平然としていて、びっくりした顔をする友人たちを不思議そうに見返している。

「お…っ、お前…っ、何さらっとカミングアウトしちゃってんのー!?」

　最初に声を発したのは壮太で、春也よりも慌てた様子で腰を浮かしかける。一輝の言葉でその場にいた全員が、自分たちがつき合っていると誤解したのは確かだった。所有物みたいな発言をしたから当たり前といえば当たり前だ。本当は違うのに。自分と一輝の関係は、そんな綺《き》麗《れい》なものではないのに。

「カミングアウトっつか……、だってこいつは俺の……」

　一輝の言葉が耳に入り、急に激しい羞恥心に襲われた。

一輝が皆に自分を性欲処理の相手だと言い出すのではないかと怯え、一気に血の気が引いたのだ。一輝の当然といった口調に、醜い自分の姿が暴かれるのではないかと思うと、怖くて怖くてたまらない。

（だって俺……便器じゃん…）

そのことを思い出すと、身体中からさぁっと熱が引き、目眩《めまい》がした。どんなに綺麗な服を着ていても、どれだけ美味しいものを食べようと、自分の立場はあの日から変わってない。

突然こんなふうに皆と話すのもおこがましいと思えてきて、春也は青ざめたまま立ち上がった。そのまま後ろも見ずに走り出す。呼び止める声も聞こえたが、居たたまれなくなってその場から逃げ出すしかできなかった。

校舎を飛び出し、寮の自分の部屋に駆け込む。息が切れて、汗がどっと噴き出た。ドアを閉めて、初めて自分の足がガクガクと震えているのに気づき、その場にしゃがみ込んだ。今頃一輝は皆に春也の素性でも語っているかもしれない。そう考えるだけでこのまま死んでしまいたいとすら願った。

「春也、入るぞ」

床にうずくまっていると声がかかり、一輝が部屋に入ってきた。すぐに一輝が追いかけてくるとは思わなかったので、春也は驚いてドアから離れ、ベッドに腰を下ろした。一輝は戸惑った様子で部屋に入り、うなだれている春也の隣に腰を下ろした。

「皆が追いかけろって言うから来たけど……。つーか何で突然逃げ出したんだよ。お前の食べてたアイス、床に落ちてたぞ」

春也の心情などまるっきり理解していない様子で、一輝が不思議そうな顔で尋ねてきた。その顔を見たら、一輝が春也の事情について彼らに何も話していないのが分かった。一瞬安堵《あんど》しかけたが、今度は何故あんな発言をしたのか胸が痛くなった。

「何であんなこと言ったの……？」

声を震わせて聞くと、一輝が面食らった顔で目を見開く。

「本当のことだろ。高校出るまでは、お前は俺のもんだ」

「本当のことだって……あんな言い方すれば、皆誤解するに決まってる……!!」

当然といった顔をする一輝に苛立ちが募り、春也は珍しく尖《とが》った声を出した。

「皆……俺たちのことつき合ってるって勘違いしたよ……。誰も……思わないだろ、俺が一輝の……便所代わりなんてさ…」

自分で自分を蔑《さげす》むような発言はしたくなかったが、心がささくれ立っていて、勝手に口からついて出た。口に出したとたん、嫌な気持ちでいっぱいになる。胸の辺りがムカムカして、わけもなく涙があふれ出しそうになった。人間ですらない、家畜のようなものだと思うだけで、悲しくて悔しくて吐き気を覚えた。

「……」

ふいに、ちりっと肌を焦がすような気配を感じた。ハッとして顔を上げると、一輝が怖い顔で春也を見つめていた。一輝は無言で春也の髪を掴み、ぐっと引き寄せてくる。

(殴られる――――)

髪を引っ張る動きが乱暴で、とっさに春也はそう考えた。何故か分からないけれど一輝を怒らせたのだと思った。

「つ……っ」

一輝の顔が近づいたと思う間もなく、がちっと歯が当たり、春也はびくっと震えた。

「あ、クソ、だせぇ……」

顔を離した一輝が呟き、もう一度顔を近づけてくる。最初は嚙まれたのだ、と思った。だが二度目に唇が触れ合ったとたん、キスをされているのだと初めて気づいた。

「ん……っ」

びっくりして一輝のTシャツを摑み、後ろへ逃げようとする。けれど一輝の大きな手が後頭部に回っていて、逃げられなかった。生温かくて柔らかな感触が、触れた部分から全身に伝わる。一輝は不慣れな様子で春也の唇を食み、息を荒げて額をつき合わせた。

「な…、何……してんの…?」

一輝にキスをされているという状況が呑《の》み込めなくて、春也は鼓動を昂《たか》ぶらせて問いかけた。今まで一輝が自分にキスしたことなどない。どうしてこうなったのか分からず、混乱して息が荒くなった。間をおかず一輝は春也の唇に唇を重ねてくる。唇が触れ合うと身体が緊張して息が止まってしまう。

「……したくなったんだよ、いいだろ別に…」

キスの合間にかすれた声で一輝が呟く。一輝のそんな声を聞くのは初めてで、春也はもう何も考えられなくなってしまった。

「舌…、出せ…」

はぁはぁと息を荒げ、一輝が命令する。春也は何度もキスをされていくうちに身体から力が抜けてしまい、一輝の腕にしがみつくだけでやっとだった。おずおずと口を開けて舌を出すと、一輝がかぶりついてくる。互いの舌が絡み合うと、腰に熱い痺《しび》れのようなものが走った。息は荒くなるし、目は潤んでくるし、一輝がうなじを押さえてくれていないと引っくり返りそうだった。

「は…っ、は…っ、ふ…っ」

好き勝手に口内を動き回っていた一輝の舌が、要領を得たように春也の舌に絡みつく。上唇を食まれ、舌を探られ、唇の端から唾液《だえき》があふれ出た。どうなっているのか自分でも分からなくなった時、一輝が春也のうなじから手を抜いた。

支えがなくなり、ぼうっとした頭でベッドに倒れると、春也はハッとして顔を赤らめた。いつの間にか一輝が春也のベルトを外し、ズボンをずり下ろしていた。下着の上からも下腹部が張っているのが分かり、春也は真っ赤になって身じろいだ。

「一輝、な、何…っ、ちょ…っ」

次に一輝がした行為は春也にとってひどく驚くべきものだった。一輝は無造作に春也の下着を下ろして勃起した性器を解放すると、いきなり口に銜えて舐《な》め始めたのだ。

「一輝…っ、や…っ、何で…っ、ひ…っ」

まさか一輝が自分の性器を口で愛撫するなんて思いもしなかったので、止めるのが遅れてしまった。一輝は押しのけようとする春也の手には構わず、口で扱いて性器を愛撫してくる。初めて他人の口の中に銜えられ、信じられないほど気持ちよくなった。身体中の熱がそこに集まり、強烈な快感に身悶《みもだ》えた。一輝の舌が裏筋を辿《たど》るたびに、あられもない声が上がる。止めたくても止められないくらい、強い刺激だった。

「か…ずき…っ、あ…っ、あ…っ、ひ…んっ」

根元を手で支え、激しく顔を上下されるともう堪えきれなかった。びくびくっと身体を震わせ、一輝の口の中に精液を思いきり吐き出してしまった。

「ひあ…っ!!　…っ、…っ」

身体をくの字に曲げ、精液を搾《しぼ》り取ろうとする一輝の頭を一瞬強く摑んでしまった。高いところから突き落とされたみたいな衝撃だった。目がチカチカして、呼吸は乱れるし、全身に力が入らない。それでも一輝に大変なことをさせてしまったという思いがあって、はぁはぁと息を震わせながら顔を上げた。

「う…っ、すっげマズ……。舌がぴりぴりする…」

一輝は初めて飲む精液の味に目を白黒させている。その顔を見ていたら今までの泣きたいくらい憂鬱《ゆううつ》だった気分がすっかり消え、代わりに笑い出してしまった。一輝は飲み込んだ精液に気持ち悪そうな顔をしていたが、春也が笑っているとつられたように少しだけ笑みを浮かべた。

「お前のしてたら俺のも勃《た》っちまった……。なぁ、今日は服脱いでしようぜ」

一輝がTシャツを脱ぎながら囁いてくる。寮の部屋には鍵《かぎ》がかからないので、春也は躊躇《ちゅうちょ》した。いつも消灯時間を過ぎてからこういう行為をしていたのは、消灯時間後なら部屋を出てはいけないという決まりがあるからだ。

「誰か来たら…」

「平気だろ。仲直りエッチしてるって言えばいい」

衣服を脱いで一輝が再び唇を覆ってくる。一輝の唇には自分の出した精液の味が残っていて、妙に気恥ずかしくなった。身体を重ねてキスすると、動揺するくらい気持ちよくて怖い。たかがキスでこんなに身体が熱くなるなんて信じられなかった。それは一輝も同じだったようで、飽きることなく春也の唇を舐めたり吸ったりしてくる。

「何で今までしなかったんだろ……。これすっげぇ気持ちいい……」

春也の髪をまさぐって、一輝が唇を吸ってくる。無意識のうちに一輝の背中に手を回し、春也は熱っぽい息を吐いた。

次の日皆と会うのに勇気がいったが、隣で一輝が平然としていたので少しだけ楽になった。誤解とはいえ男同士でつき合っているということに関して、周囲の人間に嫌悪感があるのは当然だ。ところが祐司も壮太も何故か春也を労るような発言をしてくれて、想像していた罵倒《ばとう》はなかった。もしこれが自分だったらどうだったろうと思い描いて、春也は二人の寛容さに感謝した。

問題はクリスだった。クリスはあの日以来、極端に春也を避けるようになってしまって、気分が滅入った。気になって高嶺に「俺、執行部やめたほうがいいですか」と尋ねてみたが、高嶺は笑って首を振った。

「失恋のショックがまだ抜けてないんだろ。そのうち元のあいつに戻るから、放っておけ」

高嶺の言葉は、高嶺がクリスの想いに気づいていたのを示唆していた。副会長にまで分かるくらいクリスの恋心が周囲にばれていたのかと思うと赤面した。けれどこうなってみて、誤解とはいえクリスが自分に言い寄ってこなくなったのには心から安堵した。自分の事情など明かせないから、直接告白などされたら困ると思っていたからだ。暗い顔をしているクリスには悪いが、この嘘をつき通したい。

あの日以来、一番変わったのは夜の行為だった。

キスした日から、一輝は二日と間をおかず春也に触れてくるようになった。消灯時間が過ぎるとベッドにもぐり込んできて、キスしながら春也の衣服を脱がしてくる。キスに目覚めたみたいに、一輝は唇以外にもあちこちにキスをする。首筋から鎖骨を辿り、二の腕や乳首、あらゆるところを舐めてくる。春也の性器を口淫《こういん》するのも当たり前になり、徐々に声を我慢するのが苦しくなっていた。

特に最初は何も感じなかった乳首は、日を追うごとにびりっとした電流が腰に走るようになり、怖いくらいだ。他にも耳朶《じだ》のふっくらした部分を甘く歯で噛まれると、変な声が出てしまうし、最近では身体をくっつけ合っているだけで腰に熱が溜まるようになった。

今まで知らなかった快感の芽をほじくり出されているみたいで、怖い反面触れ合うのに溺《おぼ》れた。

一輝との関係が少しずつ変わっている気がする。

「一輝……夏休み、どうするの…？」

夏休みもあと三日と迫った日、春也はとうとう耐えきれず食堂で冷たいオレンジジュースを飲みながら一輝に尋ねた。白い丸テーブルの上には一輝の食べていた定食の皿が残っている。暑さのせいで春也は食欲がなく、サンドイッチしか入らなかった。

二人で食事をした後、何となくその場に残ってぼうっとしていた。三年以上一輝と過ごしているのもあって、春也には一輝の考えが大体分かる。一輝がまだ席を立ちたくないと思っているのが伝わったので、春也はわざとゆっくりジュースを飲んでいた。一輝はだらしなく頬杖《ほおづえ》をつきながら食堂の入り口を見つめ、口を開いた。

「お盆の時期、一週間だけは帰らなきゃなんねーな……。親族との会合があるし」

面倒そうに一輝が呟き、ため息を吐く。その口調で一輝も実家に帰りたくないと思っているのが分かった。

「お前は帰らなくていいよ、ここに残ってろ」

ちらりと春也に目を向け、一輝が告げる。

一輝の言葉に、ここのところずっと憂えていた気分が払拭《ふっしょく》され、笑顔になってしまった。

「本当?」

夏休みの時期、綿貫家に戻らなくていいというのは、春也にとって最大の喜びだった。離れて過ごした今となっては、たとえほんのわずかな期間でもあの屋敷に戻りたくない気持ちが強くなっていた。それが満面の笑みとなって表れたのだろう。一輝がじいっと春也を見つめてきた。

ちょっと浮かれすぎたかと思い、春也は慌てて笑顔を引っ込め、飲んでいたオレンジジュースに口をつけた。一輝はすぐに視線を外すと思ったのに、何故か春也を見つめ続けていて、居心地が悪くなってストローを噛んだ。

「……何？」

いつまで経っても一輝の視線が自分から離れないので、しばらくして耐えきれず一輝に声をかけてみた。とたんに今度は一輝がハッとして目を見開く。

「俺、今お前のことずっと見てた……？」

一輝は無意識のうちに春也を見つめ続けていたみたいで、動揺した顔で髪をぐしゃぐしゃと搔き乱した。

「う、うん……。何か言いたいことでもあった……？」

「いや……別にない」

一輝は珍しく困った声で呟き、顔を上げた。変に髪を搔き乱したから、一輝のくせ毛があらぬほうへ跳ねている。

「ここの髪、いつも跳ねちゃうね」

妙な間を搔き消すために、春也は一輝の耳の近くの毛をちょいちょいと撫でつけて直した。一輝は春也が髪を直している間じっとしていたが、それが終わるとわずかに照れた顔で「サンキュ」と呟いた。

この学園に入学してからの一輝は優しくなった。以前は常にあった尖った気配が影を潜め、心身ともにリラックスしているのが感じられた。それは春也も同じで、ここにいると自分の境週も忘れ、ただの一生徒として過ごしている気になった。

一番好きなのは礼拝堂で、陶器でできたイエス・キリストの像の前でぼうっとしているのが好きだった。

夏休みに入る前日、礼拝堂で椅子《いす》に腰かけ、何をするでもなくキリスト像を見ていると、どこから入ってきたのか一匹の猫が迷い込んできた。人なつこい猫で、春也を見つけるとニャアと鳴いて膝に乗ってきた。しばらくして白髪の神父が現れ、春也を見て笑った。

「最近誰かが餌《えさ》を与えているみたいですね、よく見かけるネコです」

礼拝堂に居ついているせいか神父のダニエルとはよく話すようになった。イントネーションは少しおかしいが、ダニエルの日本語は完璧《かんぺき》だ。日曜の礼拝はもとより、ダニエルは生徒たちの相談係としての役目を請け負っている。春也は相談に乗ってもらったことはないが、常に笑顔で話すダニエルが好きだった。

「ハルは居残り組だそうですね、居残り組はここの掃除が毎週ありますよ」

ダニエルが楽しそうに夏期休暇の話をしてくれる。学園全体でも夏休みに帰省しないのは十人程度で、いろいろ当番が回ってくると聞いた。礼拝堂の掃除や、自分たちの洗濯物、食事だけは出るが平常と違い時間制限が厳しく、他にも決まりごとが多い。けれどどんな苦労も綿貫家に帰るのを考えれば大した苦労ではない。

「ダニエル神父はイギリスに帰るんですか？」

膝に乗った猫の頭を撫でながら尋ねると、二週間ほど帰省するという返事をもらった。ダニエルがいない間は代わりの神父が来てくれるという。他愛もない話をした後、ダニエルは礼拝堂を出て行った。春也も寮に帰ろうとしたのだが、膝に乗った猫を下ろすに忍びなくてそのまま座っていた。

「春也。――何だ、その猫」

開いている扉から一輝が入ってきて、端に座っている春也に近づいてくる。一輝は猫を見てわずかに身を引き、春也の隣に腰を下ろした。

「野良《のら》だと思う。……一輝、猫嫌いだった？」

猫を見た一輝の顔が一瞬歪《ゆが》んだように感じられて、春也は横に座った一輝に問いかけた。一輝は長い腕を上に伸ばして、思いきり伸びをする。

「動物は苦手だな。嫌なこと思い出す」

「嫌なことって？」

半袖《はんそで》のシャツを肩までまくり上げ、一輝が顰《しか》め面をした。聞いても話してくれないかと思ったが、意外にも一輝は考え込んだ末に口を開いた。

「小学校の時さ、国語のテストで五十点取ったことがあったんだよ」

物憂げな表情で一輝が告げるのを春也は黙って聞いていた。

「親父《おやじ》に見せたらさ、こんな点数は取るなって静かな口調で言われた。でも怒っているように見えなかったから俺は特に気にしてなかったんだよな。したらその日の夜……飼ってた犬、殺された」

一輝は淡々とした言い方だったが、あまりに強烈なエピソードに思わずビクッとしてしまって、膝に乗っていた猫が驚いて床に飛び降りた。猫は一声鳴いて逃げるように礼拝堂から出て行く。一輝の話は他の人が聞いたら、まさかと疑うかもしれないが、綿貫を知っている春也からすれば想像できる話だった。

「次に八十点取った時も、飼ってた鳥、殺された。それ以来ペットを飼うのはやめにしたな。親父って……めったに怒鳴らないだろ。でもその分やることがえげつなくて、おかげで暗記力はすごくなったよ。今じゃ一度読めばたいていのことは頭に入る。覚えないと次、俺が殺《や》られんじゃねーのみたいな恐怖もあったし」

一輝の話は衝撃的だった。小さい頃から勉強ができるのは知っていたけれど、それは生まれもっての資質みたいなものだと思い込んでいた。事実は違う。一輝はいい成績を取らなければ何かが奪われるというのを理解していたから、こうして努力を続けてきただけだというのに。そういえば以前二位に転落した時、一輝は綿貫に殴られていた。少しでも悪い成績を取ると罰を与えるという綿貫のやり方に吐き気を覚えた。

飼っていたペットを殺された時の一輝の気持ちを考えると、胸が痛い。小学生の時分にそんな体験をすれば、冷めた目をした子どもになるのは仕方なかった。

「一輝って……」

　優しいねと言おうとしたが、その言葉は不似合いな気がして黙り込んだ。また一輝もそんな言葉は望んでいないような気がした。かわりに春也は一輝に小さく笑いかけた。

「一輝が次、悪い点取ったら、先に殺されるのは俺じゃない？」

　わざと冗談めかして言うと、一輝も噴き出して春也の頭を小突いた。

「おっまえなぁ…」

　一輝に小突かれて笑い返すと、笑いながら髪を掻き乱される。

「そんなこと言われたら、絶対悪い点取れねーだろ」

　両手でぐしゃぐしゃと髪を乱されて、春也は笑いながら身をすくめた。明るい笑い声が堂内に響き、目を開けると一輝と目が合った。一輝はふっと笑いを引っ込め、身を乗り出して春也のほうに屈み込んできた。

　一輝の顔が近づいてきて自然に目を閉じていた。唇が触れ合い、離れる。一輝は春也の椅子の背もたれに手をかけ、すぐにまたキスを落としてきた。

　ふいにガタンと物音がして、春也と一輝はびっくりして扉へ顔を向けた。扉の傍には壮太がいて、真っ赤な顔で立っている。

「わ…っ、わりぃ…っ!!　邪魔するつもりはなかったんだけどっ」

　壮太にしては珍しく引っくり返った声を出している。思い出したように一輝が頭を掻いて、立ち上がった。

「そうだった、執行部の一学期の総括があるからお前呼びに来たんだった。すっかり忘れてた。わりぃ、壮太」

「あ、ああ…。会長が呼んできてくれって言うから」

一輝の後に続いて扉の傍に立っている壮太に近づき、互いに赤い顔を向け合った。一人一輝だけが平然としていて、行こうかと促す。

「ごめんね、変なの見せちゃって」

一輝とキスしているところを見られてしまった。考えてみればこんな場所でキスするなんて、神様に失礼だし、人目を気にしないにもほどがある。両手を合わせて謝ると、壮太は激しく両手と頭を振った。

「いや、あの、なんか絵になってたよ…。もう何だろ、やっぱビジュアルって大切だな。正直俺最初は二人のこと想像できねーって思ってたけど、一輝とハルって……いいよな、なんか。俺すっげぇドキドキしちまった」

校舎に向かって行く途中、壮太とは小声で話をした。壮太はなかなか顔の火照《ほて》りが引かなくて、こっちのほうが余計に恥ずかしくなった。

「あっ、そうだ。会長苛々《いらいら》してたんだ。走ってこーぜ」

ハッと思い出した顔で壮太が走り出す。その後ろを追って、春也と一輝も足並みを揃《そろ》えた。

夏休みに入り、初日から生徒たちは続々と帰省していった。誰もが長い休みを心待ちにしていた様子で、街へ下りるバス停には長い列ができていた。迎えに来てくれる家の車も後を絶たない。寮に残る生徒は全部で十二人で、その中の一年生は春也を含め四人だけだった。残る生徒はほとんど口をきいたことのない子ばかりだ。きっと彼らも何か事情があるのだろう。

夏休みの間は門限はあるが、基本的に日曜と同じ扱いで外へ出るのも自由だ。ただし出かけるのにも行き先を書いておかねばならず、いろいろ面倒そうだった。

「春也、こっち来いよ」

夏休み最初の日は特に何もせずにだらだらと過ごしていたが、夕食を食べ終えた後で一輝がベッドに手招きしてきた。

「え…っ、もうするの?」

一輝の傍に行くとベッドに押し倒され、びっくりして目を丸くした。いつもは電気が消えてからするのに、いくら夏休みとはいえ大胆すぎる。誰か訪ねてきたらどうするつもりなのか。

「隣の部屋の奴ら、もう実家帰ったろ。今日は声出しても平気じゃないか?」

「な…っ、何言ってんの?」

Tシャツを頭から抜いてくる一輝に呆《あき》れ、春也はベッドから降りた。

「もう……ちょっと待ってて。先にバス使うから」

そういえばやたらと一輝が、隣室の生徒にいつ帰省するのかと聞いていた。そんな思惑があったのかと思うと呆れ返ったものの、確かに隣に人がいないなら気分は楽になる。いつも喘《あえ》ぐ声が漏れるのではないかと心配でたまらなかったのだ。

「じゃあ待ってる」

タオルをタンスから取り出して浴室に向かうと、一輝がベッドに寝転がって告げた。一輝の目に早くと急《せ》き立てられ、春也は先にシャワーを浴びた。ほとんど動いていないというのに、暑さで身体は汗を掻いていた。全身を隅々まで洗い、濡《ぬ》れた髪をドライヤーで乾かしてから部屋に戻る。一輝はベッドで寝転がったまま目を閉じていた。

「一輝、寝ちゃった？」

部屋の電気を消してベッドに近づくと、ぱちりと一輝の目が開いて腕を引っ張られた。一輝の腕に引かれベッドに横たわり、見つめ合った。一輝は春也の唇に何度かキスを落とすと、たくましい腕を背中に回してきた。

「春也……、なぁ今日、ケツ使っていい…？」

ためらったように囁かれ、どきりとして春也は震えた。いつか言われるだろうと思っていたが、それが今日だとは思わなかった。

「う…うん」

小さく頷いて一輝の身体にしがみつく。正直に言えば嫌だったし、恐さもあった。けれど自分には拒否権などない。むしろ一輝がこう言い出すのは遅かったくらいで、もしかしたら春也に気を遣ってくれていたのではないかという気がした。

「ゆっくりやるな」

かすかに興奮した息を吐いて一輝が耳朶を甘く噛む。一輝は春也をベッドに寝かせると、あちこちにキスしたり手を這《は》わせてきたりした。春也が緊張したのが伝わったのか、すぐには後ろに触れず、性器を手で扱きながら乳首を舐めてきた。

「ん…っ」

最近一輝は春也が何かしようとしても「何もしなくていい」と言って、熱心に愛撫を与えてくる。されているだけという状態が落ち着かなくて、春也はいつも一輝が満足しているか気になって仕方ないのだが、不思議なことにいつも一輝は自然に勃起している。一輝は愛撫に反応する春也を見ていると興奮すると言う。

「は…っ、ぅ…っ」

春也の性器が芯《しん》を持つと、一輝はそこから手を離し、しつこく乳首を弄ってきた。手や舌で弄られ、乳首が硬く尖っていくのが分かる。一輝は唾液を擦りつけるようにして舌で乳首を弾《はじ》いてくる。

「あ…っ、はぁ…っ」

口元に手を当てて、懸命にかすれた声を抑えようとする。隣室がいないと分かっていても、男である自分が変な声を上げるのには抵抗があった。

「ここ……感じるようになってきたよな」

一輝が乳首を指で弄りながら嬉しそうに告げる。一輝はしばらく乳首を弄った後、先走りで濡れた性器の先端を手のひらで撫で、春也の足を持ち上げた。

「足、このままにしておいて」

一輝に言われ、自分の両足を抱え込んだ。膝の裏に手を回し、一輝の前に尻を見せる形になる。まるでおしめを替えるような格好は恥ずかしくて、胸をちくちくと痛めた。

「う…っ」

一輝の中指が尻のすぼみを撫で、ぐっとめり込んでくる。びくりと震えて春也は息を詰め、一輝の指が中に入ってくるのに耐えた。きつく閉ざされたそこは、一輝の指を押し出すように動いている。

「きっつ…」

指を入れた一輝が少し驚いた顔で呟く。一輝は春也の顔を注意深く見つめながら、入れた指を動かし始めた。とたんに内臓を引きずり出されるような嫌な感触があって、春也は顔を顰《しか》めた。たかだか指一本だというのに、痛くて気持ち悪かった。指だけでこんなに痛いのに、一輝の大きなモノを受け入れたらどうなってしまうのだろう。怖くなって身体が震えた。

「怯えんなよ、今日は指しか入れないから」

目敏《めざと》く春也の怯えに気づいて一輝が声をかける。ホッとして強張っていた身体から力が抜けた。指だけなら耐えられそうだ。

「気持ちいいとこあるって言ってたけど……分かるか?」

入れた指で内部のあちこちを探って一輝が問いかけてくる。指の腹で内壁を押されるたびに、口では形容しがたい嫌な気持ちになった。性器の裏側辺りだけは押されているうちに吐息がこぼれたが、そこ以外はやはり気色悪い。

「よく分かんない…」

素直にそう告げると、その日はいつものように互いに扱いて終わりになった。

初めてあらぬ場所を弄られたせいか、眠りにつく時もまだ尻に異物感が残ってなかなか寝つけなかった。一輝は尻に性器を入れたいと思っているのだろうか。そこを使うことを考えると、脳裏に綿貫家で見た異常な光景が蘇《よみがえ》る。犬の性器を尻に銜え、甲高い声を上げていた男。あの映像を思い出すだけで気が滅入る。自分もあんなふうに醜い姿を晒すのだろうか。

(あの日あの中年の男に犯されていたら、今日一輝のモノも受け入れられたかな…)

暗闇の中に目を向け、ぼんやりと埒《らち》もないことを考えた。

男を受け入れるのなんて本当は嫌でたまらないし、屈辱的だ。そう思う一方で、一輝がしたいなら我慢できるかもしれないと考えている自分が不思議だった。苦痛を我慢できるくらい、一輝に対して情を寄せていた。

最初は好きでもなかった相手なのに。

（……指だけでやめてくれたのは意外だったな…）

今日の一輝が慎重だったのを思い出し、胸が熱くなるような何か大きな間違いをしてしまったような落ち着かない気分になった。最近自分は変だ。一輝といるともっとくっついていたいと思ったり、セックスするんだと思うと心が浮き立ったりする。一輝にとって自分はただの性欲を処理するだけの相手でしかないのに、まるで皆が誤解している恋人にでもなったみたいだ。

（自惚《うぬぼ》れちゃいけない……）

一輝が優しくてもそれはいつまで続くか分からない。極端な話、明日春也に飽きて綿貫家に帰されるかもしれないのだ。この関係は対等ではない――それを忘れてはいけない。

自分を育ててくれた両親が、ある日綿貫に自分を売ったように。

絶望を感じる日はいつ来るか分からないのだから。

春也はぎゅっと目を閉じ、眠ろうと努力した。

次の日から夜、一輝が求めてくる時は、必ず後ろを弄られるようになった。あいかわらずそこはきつくて指一本だけで痛みを感じる。けれど何度か指を入れられているうちに、感じる場所があるのは分かった。いわゆる前立腺というものらしいが、そこを指で弄られながら性器を擦られてあっという間に達してしまったからだ。

一輝はすぐに春也の感じる場所を会得して、絡み合う時に必ずその場所を責めてくるようになった。尻で感じるというのが最初は嫌だったけれど、慣れてくると中での快感は前での比ではなく、指を入れられるのもだんだん苦じゃなくなっていた。

八月に入り、クーラーをつけて室内に閉じこもり一輝と抱き合っていた。

寮内の生徒はほとんど帰省していて、部屋を訪れてくる者もいない。一輝は暇さえあれば春也を求めてきて、少し怖いくらいだった。毎日のように後ろを弄られていたせいか、今では指が二本くらい入るようになっていた。それでも三本入れようとすると痛くて身体が強張ってしまう。一輝が性器を入れたがっているのが分かっていたので、「痛くてもいいから入れていいよ」と言ってみたのだが、一輝は考え込んだ末に「まだいい」と首を振った。

一輝と二人で部屋にこもり不健康な生活を送っていた。一輝は日曜の礼拝を億劫《おっくう》がるようになっていた。後ろを弄り始めてからの一輝は、妙に落ち着かない様子で、傍にいるこちらが不安になった。何かに急き立てられているような顔をするし、一緒にいても憂鬱そうな顔をしていることがある。自分が何かしてしまっただろうかと心配していたが、一輝が帰省する前日、その理由が分かった。

「帰りたくねぇな……」

　同じベッドで身を寄せ合って眠っていた時、ぼそりと一輝が呟いた。滅入った声に、ここのところ一輝が焦燥感を抱いていた理由が分かった。自分は帰らなくていいと言われたものだからすっかり忘れていたが、一輝は明日から一週間綿貫家に戻る。春也の想像以上に一輝が家に戻るのを憂鬱に思っているのに驚いた。

　何とも声のかけようがなくて黙ったまま一輝の手を握ると、ごろりと春也のほうに身体を向けて一輝が肩に腕を回してきた。

「キスして」

　囁かれて、一輝の唇にそっと唇を触れ合わせる。互いの吐息が重なり合い、触れ合うだけの優しいキスが、しばらく続いた。

「今日はこのまま寝ようぜ。狭いから落っこちんなよ」

　タオルケットを引き上げて、一輝が春也の髪をまさぐりながら呟く。うん、と答えて春也は一輝の肩に身を寄せた。

一輝が帰省してしまうと、とたんにやることがなくなってしまった。

部屋に一人でいてもつまらなくて、宿題をある程度進めてしまうと春也は礼拝堂や敷地内を歩いて時間をつぶした。暗くなると談話室に行き、テレビを観て消灯時間が来るのを待つ。

一輝がいなくなるまでは、解放された自由な時間を満喫できると思っていた。ところが実際は一人でいても虚《むな》しくて、早く一輝が帰ってこないかとそればかり考えるようになった。思えば変な話だ。自分は一輝の性欲処理としてこの立場を強《し》いられているのに、今では嫌じゃないどころか一輝がいないと寂しいと思うくらいなのだ。

一人でいると不安で物足りない気分に包まれた。

一輝が今頃綿貫家で何をしているのかを考え、もしかしたら別の誰かをあてがわれているのではないかと、あらぬ考えが頭を過《よ》ぎった。綿貫ならそれくらいしそうだし、またそうされても春也には何の文句も言えない。携帯電話を持ってないせいもあるが、一輝からの連絡がまったくないのも春也の不安を駆り立てた。一輝から捨てられたら自分はどうなるのだろうと想像し、怖くなって眠れない日もあった。いつも覚悟はしていた。もし一輝が春也に飽きたら、多分自分は綿貫の知人にでも売られてしまうだろう。見知らぬ男に犯される自分を思い描くだけで、ぞっとして泣きそうになる。ふだんは一輝が傍にいるから安心していられるが、こうして何日もいなくなると怖くてたまらない。

高校を卒業するまでの間とはいえ、まだ二年半残っている。長期の休みのたびにこんな思いをするのかと思うと、胃が痛かった。誰にも負けないほどの美貌でもあれば、もう少し心は楽になっただろうか。せめて祐司くらい可愛かったら、余裕を持てただろうか。

一週間が過ぎ、一輝は帰ってくると予定した日に寮に戻ってこなかった。

「ハル、これお土産《みやげ》ー」

お盆を過ぎ、生徒が少しずつ寮に戻ってきている。祐司は日に焼けた顔で春也にお土産の白い大きなぬいぐるみを手渡してきた。つぶらな目をした大きな顔をしたうさぎのぬいぐるみで、手ざわりは気持ちよかったが、どうしてぬいぐるみなのか分からなかった。

「何かねー、この顔がハルに似てると思って。壮太と一緒に出かけた時見つけて、似てる、似てるって大騒ぎ。もー女の子の店だから買いづらかったぁー。しろうさって言うんだって。可愛がってね」

春也にはあまりぬいぐるみを愛《め》でる趣味はなかったが、もらい物なのでその場は礼を言って受け取った。どこが似ているのかさっぱり分からないものの、邪険にするのも申し訳ないのでベッドの端に載せておく。枕《まくら》代わりにすればちょうどいいかもしれない。

夏休みの宿題もほとんど終わってしまい、春也は手持ち無沙汰《ぶさた》で談話室や中庭を散歩した。祐司が戻ってきてくれたので、一人暗い考えに落ち込むことはなくなったが、それでも一輝の帰りが遅いのが気になってしょうがない。

もう寮を出てから十日経っている。このまま新学期まで戻らないのだろうか。

「ね、ハル。明日海行かないー？　ほらそこのバス停から行けるじゃん。一度行ってみたかったんだよねー。壮太も行くって」

夕食を食べている最中に祐司に誘われて、春也は返事を迷った。確かに町に下りるバスに乗れば一時間ほどかかるが海まで行ける。バス代くらいはあるし行ってもよかったのだが、一輝のことが気になって遊びに行く気分になれなかった。

「うん、でも……。一輝が明日帰ってくるかもしれないし……」

「えーっ、そんなの帰ってきてから出迎えればいいじゃん。もーハルって…」

春也の言葉に呆れた様子で祐司が笑い出す。何で笑われているのか分からなくて目を丸くしていると、ちょうど壮太が食事の載ったトレイを持って席に加わった。

「もー壮太、ハルが一輝が帰ってこなくて寂しがってるよー。どうにか連絡つけられない？　このままじゃハル、どこにも遊びに行ってくんない。まるで主人を待ってるハチ公みたいだよ」

壮太におかしそうに語る祐司の言葉に、内心どきりとして春也は息を詰めた。祐司は本質を見抜いているのに気づいていない。

「え、マジ？　あーそっか、一輝まだ帰ってきてないんだっけ。そんじゃ後で一輝の家に連絡入れてみるよ。ん？　…つーかハルが自分で電話すりゃいいんじゃね？」

「あっ、そうだよね。何でハル、一輝に電話しないのー？　そりゃケータイは禁止されてるけど、管理室の電話の使用は自由でしょ?」

不思議そうな顔で二人に見つめられ、春也はとんでもないと首を振った。自分ごときが綿貫の家に電話をかけるなど考えられないことだ。とはいえ事情を明かすわけにもいかず、春也は顔を伏せて苦し紛れに呟いた。

「で、でもウザいと思われたくないから…」

とっさに出した理由としては、悪くなかった。祐司と壮太の顔が、しょうがないなぁという笑みに変わったからだ。

「あー何かハルたち見てると、やべーよな。俺も恋したい。最近、祐とか可愛く見えてきたし」

ハンバーグに箸《はし》を突き刺して、壮太がしみじみと呟く。

「俺はもともと可愛いしー」

壮太の言葉に、祐司が平然と答える。祐司の軽口に壮太がのって、笑いかける。

「いっそ俺たちもつき合ってみる?　祐ならいけそうな気もするんだよなぁ」

「ないね。ない。壮太、男ばっかりだからって気を迷わせないでね。壮太の好みは巨乳でしょ」

「いやいや、最近俺も丸くなって胸はあればいいかなって。お前に顔が埋もれるほどの巨乳があれば、ダイブするけど」

「俺が巨乳を手にしたら誰にも触らせず自分で堪能するー」

「ずりぃっ」

壮太と祐司が笑いながら馬鹿な話を繰り出している。二人の会話に春也も思わず笑い出してしまった。偏見がない上に冗談まで口にできる二人はいい人たちだと感じた。幼馴染みと聞いているが、誰にでも優しい祐司は、壮太にだけは少し意地悪だ。それが仲のいい証拠に思えて微笑ましかった。

笑い話で流れたと思っていた一輝の件は、意外にも夜になって壮太が現れて、いい報告を聞かせてくれた。

「一輝、明日帰るって」

「本当?」

消灯時間前にやってきて教えてくれた壮太に向かって、ぱっと顔がほころんでしまった。新学期まで戻らないのではないかと心配していた一輝だが、明日やっと戻ってくる。安堵のあまり肩から力を抜くと、壮太が照れくさそうに頭を掻いた。壮太は寮に戻ってくる前に頭をかなり短く刈り上げたので、うなじの辺りがさっぱりしている。

「よかったな、何だかマジでお前らといると当てられるよ。それにしても一輝の家って厳しいのな、夏休みの話でもしようと思ったのに、あまり長く喋れないって言われちまった。ま、ともかくそんなわけで明日は祐と二人で海行ってくるわ」

壮太に礼を言って部屋に戻ると、久しぶりに安堵してベッドに潜った。一輝はきっと実家で引き止められていたのだろう。それでも明日帰ってくると分かっていれば心も穏やかになる。

（よかった……。戻ってくるんだ）

早く明日になればいいと願いながら、眠りについた。

翌日壮太と祐司が出かけた後、春也はバス停の辺りをうろついて一輝が戻ってくるのを待っていた。けれど昼を過ぎても一輝は戻らず、夕食の時間になっても姿が見えなかった。最終バスから降りてくる生徒の中に一輝を見つけられず、春也は落胆して停留所のベンチに座った。

一輝はどうしてしまったのだろう。

「ハル」

ふいに声をかけられて振り向くと、いつの間にか背後にクリスがいた。びっくりして立ち上がり、春也はクリスのどこか緊張した顔を眺めた。一輝との関係がばれて以来、クリスには避けられていたので、声をかけてきたのは意外だった。クリスは夏休みに入ったとたんイギリスに戻ったと聞いていたが、帰国していたらしい。

「ちょっと、いい？」

クリスは微妙に視線を合わせずに、停留所のベンチに腰を下ろした。

「は、はい…」

春也が頷いてクリスの隣に腰を下ろすと、しばらく不自然な沈黙が降りた。

「あの…?」

長い沈黙に耐えきれず首をかしげると、クリスが重いため息を吐いた。

「一輝…、待ってるんだろ? 佑に聞いた」

「え、はい。あの…今日戻ってくる予定だったんですけど、まだみたいで」

クリスが何を言い出すのか分からなくて、うつむき加減で答える。クリスは意を決したように春也を見つめ、身を乗り出してきた。

「俺、ハルが好きだ」

ストレートにクリスに告白され、どきりとして春也は背筋を伸ばした。

「夏休み、田舎に帰っている間、すごい悩んだけど、やっぱりちゃんと言っておきたいと思ったから言っておく。俺、ハルが好き。もう気づいてると思うけど、…好きだ」

クリスらしい真摯《しんし》な告白は、春也をドキドキさせた。クリスは優しくていい人で、男同士だというのに、迷わずに自分の心を伝えてくる。だがどんなにクリスに愛の言葉を語られても、この人は別世界の人で、同じ線上で言葉を交わせない。自分はこの人を騙《だま》している。本来なら知り合う機会すらなかった相手なのだ。クリスの告白は、ただ申し訳なくて心が重くなった。

「……会長、ごめんなさい」

こんなな自分を好きだと言ってくれるのは嬉しいが、考えるまでもなく詫《わ》びの台詞《せりふ》が飛び出した。クリスは無言で深呼吸すると、春也に背を向けて立ち上がった。

「分かってた、振られるの…。だからそんな顔しなくていいよ。これはもう俺のけじめみたいなもんだったから。ハルにすっきりと振られないと、いつまでも未練がましく考えちゃいそうだったから」

クリスは明るい声で話しているが、春也に背を向けているので表情までは分からなかった。

「だってさ、一輝って…わがままだろ。自分の意思が通らないとすぐ不機嫌になるし、負けず嫌いだし、何であれがいいのか分からん。俺のほうが優しいし、いい男だし、包容力もある。ハルを……所有物みたいには、絶対言わない」

おどけた声で告げるクリスの背中を見つめ、春也は苦笑した。クリスは本当にいい人だと春也も思う。クリスは事情を知らないから、一輝が春也を所有物みたいに扱うのを快く思っていない。

「うん…そのとおりですね」

反論したいが一輝に関する評価は妥当だと思えて、つい頷いてしまった。するとクリスが振り向き、やるせない顔でベンチに座る春也を見下ろしてくる。

「でも、ハルはあいつがいいんだな」

切ない声で聞かれて、春也は黙って目を伏せた。

「はい…そうなんです…」

改めて自分の思いに気づかされ、春也は頭を下げた。クリスは大きく伸びをして、がりがりと髪を掻き乱した。

「それじゃ、俺の告白終わり！　今まで避けてごめん。もう前のとおり、いい先輩に戻るから、ハルも俺に気を遣うなよ！」

大声でクリスが宣言して、春也に笑いかけた。振った相手に対して、優しい気遣いのできるクリスを大人だと思った。

まるで告白などなかったような顔で、クリスはコーンウォールの田舎の話をしてくれた。停留所から寮に一緒に戻る間、クリスは楽しい話だけを春也にした。こんな嘘で塗り固めた自分に気遣うことなどないと思うのに、クリスはあくまで優しく紳士だった。

クリスと別れ、春也は一人で食堂に向かった。

夕食を一人で食べてもあまり食欲が湧《わ》かず、一輝はどうしてしまったのだろうと心配ばかりしていた。クリスからの告白があったというのに、自分は一輝のことばかり考えている。海から帰ってきた二人が暗い顔をしている春也に気づいて、事情を聞いた後慰めてくれた。

今日はもう無理だろうと諦《あきら》めて部屋に戻った頃、寮の前にタクシーが停まり一輝が戻ってきた。

「一輝、おかえり！」

無理だと思ってベッドに寝転がっていると、突然部屋に一輝が現れ、春也は笑顔でベッドから飛び上がった。一輝はスーツケースを壁際に追いやると、春也を見て疲れていた顔に笑みを浮かべた。

「ただいま。マジですげぇ疲れた……。やっと帰ってこられた」

うんざりした口調で一輝が呟き、いきなりぎゅっと春也を抱きしめてくる。突然の抱擁に少し戸惑いながら、抱きしめてくる腕の熱さに胸が熱くなって背中に腕を回した。一輝がいない間の懸念がすべて払拭されるような抱擁だった。

「明日と明後日出かけるから。なるべく大人っぽく見られる服、着ろよ。俺はもう寝る。すっげー疲労困憊《こんぱい》」

短く春也に告げるなり、一輝は衣服を脱ぎ散らかしてベッドにもぐってしまった。一輝がこんなに精神的に疲労しているのを見たのは初めてだ。脱いだ衣服を畳んで洗濯物の籠《かご》に入れると、春也は電気を消して一輝の寝顔を見つめた。一輝はすぐに眠りについてしまい、質問しようにも答えられる状態にない。

（出かけるって言ってたけど、どこに行くのかな？）

春也の服の指定までしていたから、自分と出かけるという意味なのだろう。考えてみればここに来てからどこかに遊びに行くのは初めてだ。一瞬浮かれかけたが、一輝は一言も遊びに行くとは言ってない。それに大人っぽい服を着ろと指定する辺り、遊びと思うのは危険かもしれない。

胸をざわめかせながらその日は眠りについた。

翌朝目覚めて、驚いた。一輝はすでに仕度を終えていて、麻のジャケットを着込み、一見社会人に見えるような格好になっていたからだ。体格はもとよりいいし、顔も大人びているせいで、ジャケットを羽織るだけで一輝はずいぶん大人っぽく見える。

「ジャケットなんて暑くない？」

残暑というのもあって、一歩外に出れば炎天下の直撃を食らう。いくら夏用のジャケットとはいえ、どうしてそんな格好をするのか分からなかった。もしかしたら父親の仕事の関係者にでも会うのか。

「いいからお前も早く着替えろ」

一輝に急き立てられ、手持ちのワードローブの中から白いシャツと落ち着いた色のズボンを穿《は》いた。ぎりぎり大学生くらいには見えるかなと春也が用意をすませると、一輝がバッグに一泊用の荷物を詰めて春也を吟味した。

「うーん……ま、いっか…」

多少不満げな呟きを残しつつ、春也も荷物を入れたバッグを肩にかけ、寮を出た。

学園前のバス停から、一番近い駅まで一時間かけて下る。すでに一輝が宿泊許可を寮長に出してくれたと知り、まるで小旅行のようだとドキドキした。一輝は行き先をまったく告げずに、何故か真剣な顔つきで窓の外ばかり見ている。旅行と知り浮かれたいのに、一輝の様子を見ているとあまりいい旅ではないかもと思えて不安になった。

バスで駅に向かうと、そこからまたローカルな電車に乗り換え、二時間くらい揺られた。買った切符は隣の県にある大きな町だ。

「お前が……」

ボックス席の窓際に向かい合って座り、一輝が車窓から流れる景色を見つめて呟いた。

「寂しがってるって壮太が言ってたけど……」

ぽつんと一輝に呟かれ、我知らず赤くなって春也は目を伏せた。

「う、うん……。だって一輝なかなか帰ってこなかったから…」

ぼそぼそと言葉を返すと、景色を見ていた一輝がちらりと春也を振り返り、また横に流れる田園風景に目を向ける。

「ちょっと嬉しかった……」

電車の音にまぎれて一輝の小声が返ってきた。一輝はめったにこういうことを言わないので、何だか妙に恥ずかしくなって春也は床ばかり見ていた。

それきり語るべき言葉を失い、目的地に着くまでずっと黙っていた。沈黙は嫌なものではなかった。一輝といると喋らなくても互いの感情が伝わるような不思議な思いに駆られることがある。今がそんな感じだ。

（俺、一輝が好きなんだな。クリス会長に告白されても、考えるまでもなく断ってたのは、俺の中に……ずっと一輝がいたからだ）

窓の外に向ける横顔に自分の想いを自覚し、泣きたいような胸が熱くなるような複雑な想いに囚われた。いいことではないと自分で分かっていた。一輝と自分はそんな関係にはなれない。高校を出るまでの間だけ――そのわずかな間だけ触れ合っている点にしか過ぎないのだから。この関係は刹那《せつな》的で、何も求めてはいけない。改めて自らを戒め、春也はそのことについて考えないようにした。

目的地に着いたのはほぼ昼過ぎだった。

久しぶりにビルが建ち並ぶ大きな町に来て、人々の喧騒《けんそう》に触れた。夏休みのせいで若者があふれ、行き交う人々も楽しげだ。ブランド系のショップがずらりと並び、映画館やゲームセンターもある。

「どこか行きたいところあるか？」

洒落《しゃれ》たカフェで昼食をとりながら一輝に聞かれたが、どこに行きたいのか自分でも分からない。俺は別にと言葉を濁していると、何でもいいから言えとせっつかれて、考え込んだ。

「水族館……とかあったら行きたいかも…」

深い考えがあったわけではないが、青は春也の好きな色で、テレビの中で見る水族館のイメージが青かったのでそう言ってみた。一輝は意外そうな顔で頷き、店を出たところでタクシーを拾い「一番近くの水族館へ」と告げた。

この近くに水族館がなかったらどうしようかと冷や冷やしたが、幸いにも近くに大きな水族館があった。久しぶりの水族館に春也は気分が浮き立ち、一輝と二人で館内を楽しく見て回った。両親のもとにいた時、すごく小さな頃に一度だけ連れて行ってもらったくらいで、ちゃんとこうして見て回ったのは初めてだ。蛸《たこ》やイカのぐにゃぐにゃした動きに目を瞠《みは》り、イルカのショーに夢中になった。見たこともない深海魚や海の生物を見るのは楽しくて、あっという間に時間が過ぎた。

水族館を出たのは、夕方五時近くだった。夏なのでまだ日は高く、辺りは明るい。そういえば泊まる仕度をしてきたけれど、一体どこに泊まるのだろうか。

「今日どこに泊まるの？」

一度食べてみたいと言われ夕食をファーストフード店ですませた後、春也は一輝に尋ねてみた。

「今からラブホ行く」

春也の問いに一輝が潜めた声で返してきた。一瞬ぽかんとして、自然と顔が熱くなった。どうして大人っぽい格好をしろと言われたのか、今呑み込めた。隣の県まで来た理由も。

それにしても寮でも同じだと思うのに、わざわざラブホテルに出向く理由が分からなかった。

行ったことがないから行きたいだけだろうか。それに男同士で平気なのだろうか。

一輝の一言でにわかに緊張し、補導されて学校に連絡されたらどうするのだろうと心配した。一輝はいつもどおり平然としていてとても高校生には見えないが、自分はまだ少し幼い顔をしているしどう見られるか不安だ。

「顔合わせないところだから平気。すげぇ調べまくった」

春也の心配を見越し、一輝が安心させるように囁く。ぎくしゃくと一輝の歩きに合わせて歩きながら、春也は胸を昂ぶらせた。


初めて入ったラブホテルは想像よりも、まともな部屋だった。もっとどぎついピンク色の部屋かと思っていたので、小綺麗なホテルの一室という雰囲気に何となくホッとした。アジアンテイストの室内は茶系の家具で統一され、ベッドは天蓋《てんがい》つきだしソファやテーブルもある。それでもやはりセックスが目的の部屋というだけあって、ベッドの傍にコンドームがそっと置かれていた。

「風呂場、広いから一緒に入ろうぜ」

部屋に入って落ち着くと、一輝に誘われ二人でシャワーを浴びた。寮のユニットバスは狭いので一緒に入ったのは初めてだが、互いの身体を洗い合うのは意外と楽しかった。一輝の身体を洗っている最中にあちこちにキスされて、自然と下腹部に熱が灯《とも》った。それは一輝も同じで、時々身体に当たる硬いモノが、興奮しているのを伝えてきた。

浴室から出ると、一輝は室内にある自販機を吟味し始めた。ドアの近くにある自販機にはいわゆるアダルトグッズが陳列されていて、春也は何を買うのかといくぶん怯えた。見た目にもグロテスクな男性の性器を模《かたど》った器具を使いたいと言われたらどうすればいいか。ハラハラして見守っていると、一輝は一番上にあったローションを購入した。

「これ使えば楽だって聞いた」

ピンク色のボトルを手にして一輝がベッドに春也を引っ張る。

おずおずとベッドに裸で乗り上げた春也は、向かい合った一輝にどうすればいいか目で問うた。一輝はボトルの蓋《ふた》を開け、手のひらに液体を落とし、春也に四つん這いになるよう命じた。一輝に尻を向ける格好で四つん這いになり、春也は一輝のほうを振り返った。

「ひゃ…っ」

ぬるりとした液体が臀部《でんぶ》に触れ、びっくりして声を上げる。シャワーで火照《ほて》った身体には、ローションは少し冷たかった。一輝の手は液体を尻のすぼみに擦りつけるように動く。確かにいつもとは違っていた。最初に指を入れられると痛みを感じるのに、ぬるついた液体のせいか楽に指が入ってくる。

「あ、すげ…。何だ、最初からこういうの使えばよかったんだな」

簡単に指が奥まで入ったのに感激した様子で、一輝がボトルの液体をさらに増やしてくる。

「ん…っ」

尻のはざまから袋までびしょびしょにされ、やけに恥ずかしくなって春也は息を詰めた。一輝が指を動かすたびにぐちゅぐちゅという濡れた音が響き、顔が熱くなる。指はすぐに二本入ってきたが、いつものように痛みは感じなかった。

「柔らかくなってきた…」

興奮した声を出して、一輝が指でぐるりと内壁を辿る。尻の穴を広げるような動きをされ、ひくんと腰が震えた。一輝が実家に戻っていたからこういった行為は久しぶりで、身体が急速に熱くなっていくのが分かる。内部に入っている一輝の指を、時々締めつけるような動きをしてしまうのが恥ずかしい。

「指、増やすぞ…」

しばらく蕾《つぼみ》を弄っていた一輝が、三本目の指を入れてくる。さすがに三本も指を入れられると苦しかったが、それでも我慢できないほどではなかった。ローションのおかげで、そこは裂けてもいないし、一輝の指を受け入れている。

「あ…っ、は、ぁ…っ」

一輝の指が、ぐりっと感じる場所を擦ってきた。びくりと震え、かすれた声を上げてしまう。

いつものように声を抑えようとすると、一輝の指がぐいぐいと奥まで入ってきて、前立腺を刺激してくる。

「寝じゃねーから、声出して平気だって」

まるで意地悪するみたいに一輝が入れた指で、中をぐちゃぐちゃと弄ってくる。

「ん…っ、だ、って…、ぁ…っ」

中で入れた指を開かれる。一輝の指に慣らされて、そこが弛《ゆる》んでいくのが分かった。一輝が指を出し入れするたびに、狭い穴が徐々にほころんでいく。

「……春也、俺の、入れるぞ」

熱い吐息をこぼして、一輝が上擦った声で呟く。どきりとして春也は息を詰め、小さく頷いた。シーツの上に仰向けで横たわると、一輝が両足を持ち上げてくる。一輝は春也の腰の下に枕を入れ、自然と尻が上がるようにしてきた。

「はぁ…」

春也の足を胸につくほど折り曲げ、一輝が勃起した性器を尻のすぼみに押し当ててくる。一輝の熱を感じたとたん、怖さと高揚感が入り混じって目が潤んでしまった。

「う…っく…っ」

先端をぐっとすぼみに入れられ、緊張で四肢が強張ってしまった。指よりも熱くて質量のあるモノが、ゆっくりと内部に入ってくる。狭い穴を無理やり開かされ、春也はぎゅっと目を閉じて痺れるような痛みに耐えた。

「きっつ…、でもすげぇ気持ちいい…、あったけー」

ずぶずぶと半分ほど埋め込んだ辺りで一輝が動きを止め、熱っぽい息を吐いた。一輝が気持ちいいのだと知ると、それまで強張っていた身体から自然と力が抜けた。内部に入っているものは大きすぎて、息を吐くのも困難なほど苦しい。それでも一輝が喜んでいるなら耐えられそうだった。

「苦しいか…？　痛い…？　お前、泣いてるじゃん……やっぱ抜こうか？」

繋《つな》がったまま屈み込んできて、一輝がかすれた声で呟く。一輝に言われるまで自分が泣いていたのに気づかなかったので、慌てて首を振った。

「ううん、平気…、このままで…」

一輝の腕に手を這わせ、請うように見つめる。たとえ痛みはあっても、一輝のために受け入れたかった。内部で息づいている熱いモノは一輝の分身だ。それが自分を求めているのだと思うと抜いてほしくなかった。

「春也…」

一輝の手が春也の髪を撫で、深く唇が重なってくる。柔らかな感触に甘い気分になり、うっとりと舌を絡めた。一輝は春也の官能を引き出すように、手のひらで乳首を撫で、萎《な》えた性器を扱いてきた。

「ん…っ」

しばらく一輝が動かないでくれたおかげで、徐々に身体に熱が戻ってきた。一輝の大きさに、身体が馴染んでくる。痛みが取れてくると身体は自然に快感を拾い上げ、乳首や性器を弄られて反応した。

「は…っ、あ…っ、あ…っ」

尖った乳首を指先で摘《つま》まれ、甲高い声が上がってしまう。一輝が乳首を弄ると、勝手に銜え込んだ一輝のモノを締めつけてしまう。神経が繋がっているのか、一輝の性器の形が分かるくらい、しっとりと吸いつくのが分かる。

「……動いて、いいか?」

限界を感じたらしく、一輝が大きく息を吐いて囁いた。潤んだ目で頷くと、一輝は春也の足を広げ、ゆっくりと律動してきた。

「ひゃ…っ、や…っ、あ、ぁ…っ」

突き上げられる感覚は体験したことのないもので、とても声を我慢することなどできなかった。中を硬いモノで揺さぶられるたびに、あられもない声が口から飛び出る。ベッドの中でこんなに大きな声を上げたのは初めてで、一輝が興奮した顔で腰を動かす。

「もっと奥まで入れていいか…?」

繋がった部分が馴染んできたのが分かるのか、一輝は春也の顔を見つめながら、少しずつ奥へと性器を埋め込んできた。一輝は先ほどからずっと何かを耐えるような表情をしている。

「ひ…っ、あ…っ、あう…っ」

ぐっ、ぐっと深い部分まで犯され、自分でもわけが分からなくなって嬌声《きょうせい》を上げた。内部をぐちゃぐちゃにされて、気持ちいいのか痛いのか判別できない。ただ熱い痺れが全身を包んでいて、勝手に声が引っくり返った。

「やぁ…っ、あっ、あっ、あ、ひ…っ」

春也の喘ぎ声に我慢できなくなった様子で、一輝が激しく突き上げてきた。春也と同じくらい、いやそれ以上に一輝も興奮していて、大きく春也を揺さぶってくる。

「マジ…腰、止まんね…、はぁ…っ、は…っ、すぐイっちまう…っ」

上擦った声を上げ、一輝が内部を掻き乱していく。内部の感じる場所を、一輝の性器が突くと、女の子みたいな甘ったるい声が出てしまうのを止められなかった。痛みすら快楽に変わり、シーツを握りしめてしまう。

「あ…っく、出る…っ」

引き攣《つ》れた声を出し、急に一輝が屈み込んできた。次の瞬間、繋がった奥で一輝の性器が暴発したのが分かった。じわっと温かい液体が漏れたのを感じ、びっくりして目を見開く。

「はぁ…っ、はぁ…っ」

一輝は荒く息を吐き出し、ぎゅっと春也の身体を抱きしめると、しばらく息を整えるようにそのままの体勢でいた。春也も胸を喘がせ、激しく息を吐いていた。中に一輝が出したのだと理解すると、羞恥心とも悦《よろこ》びともつかぬ感情が押し寄せた。本来なら嫌がらなければいけないのに、何故か一輝が中で達してくれたのが嬉しかった。

「これ…やべーな、やみつきになる…」

やっと息が治まったのか、一輝が上半身を起こし、ずるりと性器を引き抜いた。大きなモノが内部から抜かれ、変な声が飛び出てしまった。これで終わりなのだろうかと思ったが、一輝は春也を反転させると、まだ硬い性器を後ろから再び押し込んできた。

「ひ…っ、ぃ…っ、あ…っ」

一度抜かれた後に再び硬いモノを入れられ、腰がひくひくする。一輝は背中から春也を抱きかかえ、繋がったままベッドにあぐらを掻いた。

「や…っ、あ…、あ…っ、ふか、い…っ」

強引に一輝の膝に乗せられ、ずんと奥まで一輝の性器を受け入れた。それでも痛みはほとんどなく、春也の性器は反り返ったままだ。

「あ…っ、や、ま…、って、駄目…っ」

一輝の膝に抱えられたまま、性器の先端の小さな穴を指で弄られた。それだけで一気に爪先まで電流が走り、気づいたら射精していた。一輝は春也の出した精液を指ですくい、ぺろりと舐める。

「……お前俺がいない間、何もしなかったんだろ」

激しく息を吐き出している春也の腰に手を回し、一輝が笑う。図星だったので黙って一輝の胸に背中をつけた。繋がっている状態で一輝の膝に抱えられているのは不安定で落ち着かなかったが、抱きしめられるのは気持ちよくてたまらなかった。一輝の腕に抱かれていると、甘えたくて仕方ない。

「お前の中……すっげぇ気持ちいい…」

耳朶をしゃぶり、一輝が囁く。内部に留まっている一輝のモノは熱くて硬くて、そこにあるだけで春也の息を乱した。春也の性器も一度射精したのに硬度を保っていて、それを一輝に見られていると思うと顔が火照る。

「春也も気持ちよくなってきた…?」

濡れた性器を指先で弄り、一輝が甘い声を出す。一輝の吐息や声が耳をくすぐるたび、繋がった部分をきゅうっと締めつけてしまった。

「あ…っ、あ…っ」

春也の腰に手を回し、一輝が小刻みに腰を揺すってくる。それだけでもかなり気持ちよくて、春也は仰《の》け反って嬌声を上げた。隣室に聞こえる心配がないと思うと、声が止まらなくなった。

「ひゃ、あ…っ、ぅあ…っ、あー…っ」

一輝が強く首筋を吸ってくる。腰を揺さぶりつつ乳首や性器を弄られて、また快楽の波が狭まってきた。中を突かれる快感は痛みさえ通り越せば、経験したことがないほど深くて、甲高い声が引っきりなしに漏れた。

「中やわらけー……、口と違うな、ぜんぜんもたねぇ…」

かすれた息遣いで一輝が呟き、春也の身体を持ち上げ体勢を変えた。シーツにうずくまるような格好になり、我慢できなくなった一輝に後ろから激しく突き上げられた。

「やっ、あ…っ、あー…っ、あー…っ」

一輝が腰を突き入れるたびに、肉を打つ音が室内に響き渡る。同時に内部で一輝の出した精液とローションが混ざり合い、濡れた音を立てた。

「ひ、あ、あぅ…ッ」

何度も穿たれて、中が火傷《やけど》しそうなほど熱くなっているのが分かった。やがて一輝が腰を揺さぶりながら前へ手を回してきて、一気に絶頂に導かれた。

「うあああ…ッ」

びくびくっと震え、我慢できずにシーツの上に精液を思いきり吐き出した。絶頂の瞬間、強く内部のモノを締めつけたようで、焦った声を出して一輝が春也の中に二度目の射精をしてきた。

「う…っ、は、はぁ…っ、はぁ…っ」

ほぼ同時に達したことで、互いにぐったりしてその場に横たわった。ずるりと一輝の性器が抜かれ、息を荒げながら春也は身体を震わせた。気づいたら汗びっしょりだった。大して動いたわけでもないのに、まるで全力疾走したみたいに疲れている。

「春也……」

一輝が乱れた息遣いで春也の名を呼んだ。まだぼうっとした顔を一輝に向けると、長い腕が伸びてきて抱き寄せられる。

「ん……」

汗を掻いた互いの身体が心地よくて、一輝の背中に腕を回してキスを求めた。すぐに深く唇が重なってきて、隙間《すきま》もなく重なる。一輝とちゃんと繋がれたことが嬉しくてたまらない。一輝が自分の中で達してくれて、よかった。

身体の熱が引くにつれ、腰にじんじんとした痛みが戻ってきていたが、そんなことは気にならないくらい優しいキスを繰り返した。


初めて一輝を受け入れた翌日は、さすがにあらぬ場所が痛んで大変だった。歩き方もぎこちないし、座っていてもつらいし立っていても身体がだるい。一輝はホテルを出る前にもう一度繋がりたかったようだが、春也の具合を見てやめてくれた。ホテルを出た時はまだ日は高くて、本来ならこのままどこかに寄って帰るところだ。けれどどうにも身体がつらくて、一輝に頼んでそのまま寮に戻ってもらった。だるい上に熱っぽい。帰りの電車の中ではぐったりして、横に並んで座った一輝の肩にずっともたれていた。

「あ、一輝とハル出かけてたんだ。おかえりー」

三時頃寮に戻り、自室に向かう廊下の途中で祐司とすれ違った。祐司はこれから裏山に自由課題の宿題のため写真を撮りに行くらしい。

「そういや海、よかったよ。明日また他のメンバーも誘って行こうって話出てるんだけど、二人は来るー？」

にこにことした顔で祐司に誘われ、明日ならだるさもとれるだろうかと思案していると、横から一輝が「無理」と首を振った。

「ちょっと出先で変なもん食って腹壊した」

さらりと一輝が告げ、春也はびっくりして目を丸くした。祐司は同情するようにこちらを見て、それじゃ仕方ないねと誘いを引っ込めた。

「ハル、具合悪そう。大丈夫？　もう夏休みも終わっちゃうし、結局海に行けなかったね」

残念そうに呟いて祐司は去って行った。

自室に戻り、早々に休みたかった春也は、パジャマに着替え、ベッドにもぐり込んだ。暑さも重なって帰路がかなりしんどかった。

横になった春也の額に一輝が手を当て、焦った様子で部屋を出て行く。どこへ行ってしまったのだろうと考えていると、しばらく経って一輝が薬と両手に抱えるほどの冷えたパック牛乳を持ってきた。

「わりぃ……お前、熱出てるな…」

申し訳なさそうな顔で一輝が解熱剤とパック牛乳を手渡してきた。パック牛乳はいつも春也が好んで飲んでいるいちご味だった。ひそかに自分の好みを把握してもらえていたのかと思うと、こそばゆい。

「ごめん、情けない身体で」

「そうじゃねぇだろ、俺のせいだろ。いいから冷たいうちに飲めよ」

薬を飲んだ後に、もらったパック牛乳を口にした。甘くて冷たくて美味しい。

「俺の身体を心配して、明日の誘い断ってくれたの？」

ベッドの縁に腰かけ、リモコンでクーラーを調節している一輝に問いかけると、呆れた顔が返ってきた。

「海なんて無理に決まってるだろ。後で鏡、見ろよ。俺、昨日は夢中になってお前に痕《あと》つけまくってた」

一輝の言葉に、自分の身体に行為の名残《なごり》があったのに気づき、春也は真っ赤になってシャツの襟《えり》を開いた。目に見える範囲にはなかったので気にしていなかった。後で鏡をチェックしなければ。

「やっぱ無理があんのかな、入れてやらないほうがいいのかな……」

独《ひと》り言みたいに一輝が呟き、春也は思わずすがるように毛布から手を出し一輝の手を摑んだ。

「次は大丈夫だから、そんなこと言わないで」

一輝に何かを我慢させるのは怖くて嫌だった。春也だってあれくらいの行為で熱が出るとは思わなかったのだ。熱を出してしまった自分自身の身体が情けなくて仕方ない。

「……馬鹿」

一輝は一瞬だけ目を見開き、困った顔で苦笑すると、春也の髪をぐしゃりと搔き乱した。大きな手のひらが頭を撫でていく。その心地よさにうっとりと目を閉じる。

「寝てろよ、夕食は後で俺が取ってきてやるから」

「うん…」

優しく頭や肩を撫でられて、心地よくて微笑みながら目を閉じた。軽い音を立てて唇にキスが落ちる。身体は痛くても心は満たされていて、不思議な気分だった。

一輝は春也が眠りにつくまで傍にいてくれた。目覚めたら残りのパック牛乳を飲みたい。そんな他愛もないことを頭に描き、春也はベッドに沈んだ。

夏休みが終わり、二学期が始まると、日常が戻ってきた。

衣替えの時期が過ぎ、ブレザーの制服を身にまとう頃には、校舎の周囲の山の色は赤や黄色に色づいてきた。

ラブホテルでの夜以来、一輝とはアナルを使うセックスはあまりしていなかった。理由の一つにベッドがぎしぎしと揺れて音が階下に伝わってしまうのではないかという不安があった。おまけに春也も中に入れられると声を抑えることができないので、仕方なしに散髪に行くついでに遠出してラブホテルを使用した。といっても入れる以外は部屋でしていたから、あまり無理をしている感じはしなかった。

二度目の挿入の時は、一輝が気を遣って激しくしなかったのもあって、最初の時ほど苦痛はなかった。それでも身体の中に異物が入ってくる負担は大きく、帰り道歩き方がぎこちなくなった。もっといくらでも一輝を受け入れる身体になりたいのに情けない。

繋がっている時の何とも言えない充足感が好きだった。一輝とこれ以上ないくらい密着してきつく抱きしめられると、満たされて愛されている気になった。それが一瞬の紛《まが》いごとだと分かっていても、自分を真剣な目で見つめる一輝に、すべてを投げ打ってもいいと思った。

最近本当に一輝との関係が分からなくなっている。

自分はただの性欲処理の相手だったはずなのに、一輝の優しさや抱きしめる腕の熱さに感情が乱れる。もしかしたら一輝も同じように自分を好きなのではないかと勘違いしそうだ。一輝は父親から自分をあてがわれて使っているだけなのに。

（そうだよな……。俺、一度も好きって言われたことないし……）

一輝が自分に優しいのは確かだが、それは長く傍にいたから情が移っただけかもしれない。その証拠に一輝は一度も春也に愛を語ったことはない。好き、という言葉すら一度も使ったことはない。

自惚れそうになるたびにその事実が頭にのしかかり、心が重くなった。

十月の頭には文化祭が行われ、山奥の学校に見知らぬ人が押し寄せた。全寮制の栖鳳学園は建築物も有名なものらしく、一般開放されている文化祭にはさまざまな人たちが訪れた。むしろん生徒の知り合いや家族も多く見に来ていて、男ばかりだった校舎内には珍しく異性の姿が目についた。文化祭はクリス会長にとって最後に行う大きなイベントだ。告白の後、クリスは前のように春也に話しかけてくれるようになり、春也を安心させた。クリスを傷つけたのを未だに申し訳なく思っていた。

「ハル、紹介するねー。これ俺の婚約者」

執行部の出し物である英語劇を終えた後、祐司がいかにもお嬢様っぽい楚々《そそ》とした子を連れて春也に紹介した。彼女は祐司の婚約者で恵子《けいこ》という名の可愛らしい子だ。婚約者という聞きなれない単語に戸惑っていると、恵子は春也を見てホッとしたように笑った。

「よかったぁー、むさくるしい男ばっかりで萌《も》えられなかったところなの。いるじゃない、受けっぽい子！　そうよー、こういう子が見たかったの。祐ちゃん、何か萌え話ないの？　彼にふさわしい攻めはいないのっ？」

「恵子ちゃん…、もうホントその趣味引くからやめてくんない？」

きらきらした目で語りかける恵子に、祐司がうんざりした顔で頭を抱える。恵子の言っている意味が分からなくて呆然としていると、後で二人きりになった時に祐司が説明してくれた。

「恵子ちゃん、友達の影響で男同士の愛にはまっちゃってさー。知ってる？　そういうマンガとか流行《はや》ってるんだって。もー俺がここに来て以来、誰かに告白されなかったのかとか、そういうカップルいないのかってしつこく聞いてくるんだよー。あ、もちろんハルの話は喜ばれそうだから話してないよ」

「そういうの気持ち悪くないの？」

男同士の愛に萌えるなんて初めて聞くので、今ひとつ気持ちが理解できなかったが、祐司が困っているのは理解できた。文化祭の後片づけをしながら、彼女の話をしてくれる。

「萌えるんだって。よく分からないよ、俺の婚約者なのに、帰省して会うたび壮太と進展した？　とか聞いてくるんだよ。もうホント勘弁してほしい。俺と結婚する気あるの？　って聞いたらうんって言うんだけど、壮太とは浮気してもいいからとか何とか…」

「祐、恵子ちゃんが好きなんだね」

もやもやしている表情の祐司は初めて見たかもしれない。こういう顔をしているのを見ると、やっぱり男の子だなと感じる。

「まぁね。本当は俺、彼女と一緒の高校がよかったんだけど、父さんがこの学校出ておけばそれなりに見えるからって。……そういや三年生の内野《うちの》先輩と明石《あかし》先輩ってつき合ってるんだって。それ話したら恵子ちゃん、もー興奮しちゃって大変だった」

苦笑まじりに祐司が意外な話を教えてくれた。男同士でつき合っているというのにびっくりして、春也はこっそり二人の姿を見に行った。遠目から見て前に誰かが話題にしていた先輩だと思い出した。確かハマルが三年生の先輩にすごく綺麗な人がいると教えてくれたのだ。あれだけ綺麗なら男同士でもおかしくないと春也も思い、何となく気が滅入って自室に戻った。自分もせめてもう少し綺麗だったら、一輝が好きだと言ってくれただろうか。

一人でいるとつまらないことばかり考えるようになった。

自分の価値が見出せなかった。特に秀でたところもなく、何かを特別好きなわけでもない。自分が今生きていられるのは一輝の性欲処理の相手をしているからだと分かっていても、こうして綿貫家から離れ、学園で穏やかな生活を続けていると、何もない自分がひどくつまらない人間に思えて仕方なかった。

秋が深まるにつれ、落ち着かない気分でいっぱいになった。

冬休みが近づく。一輝がまた実家に戻るのが怖い。

こんなふうに長い休みのたびに怯えて暮らすのかと思うと、憂鬱な気分になった。

■3　十八歳の初夏

遠くから鳥の鳴き声が聞こえてくる。

春也《はるや》は手にした地図を眺め、細い山道を登っていた。頭上高くに昇った太陽が、厚い雲で覆われている。そういえば天気予報は曇りのち雨だった。もしかしたら雨が降るかもしれない。

「一輝《かずき》、これどっちだと思う?」

手渡された地図を後ろにいた一輝に見せると、見もしないで「右」と返答がある。

道が二手に分かれていて、右はどうみても間違っている道に思えるが、一輝が言うなら進むしかない。

五月末に行われた体育祭は、あまりいい天気にならなかった。三度目の体育祭は、受験生ということもあって、あまり競技には参加しない。今まで一度も同じクラスになったことがなかった一輝とは、三年生になって初めて同じクラスになった。一輝は百メートル走にだけ参加したが、運動不足もあって惜しくも二位だった。春也が参加したのは、今行われているオリエンテーリングだけだ。埋められたリングをなるべく多く探すという内容で、暗号めいた文章が書かれた紙と発煙筒を手渡された。発煙筒は道に迷った者が助けを呼ぶために上げるもので、過去にも何度か使用されているらしい。できたら使いたくない一品だ。それに雲行きも怪しくて、実際使えるかどうか分からない。

「一輝、やっぱりこの道おかしくない？」

だんだん人の足が踏み入れてないような場所になり、不安になって背後の一輝を振り返った。

一輝は空を見上げ、そうだな、と呟《つぶや》いた。

「このまま遭難しようか」

冗談にしては物憂げな声で言われ、どきりとして立ち止まった。同時に頬《ほお》を冷たい雨粒が叩《たた》き、慌てて周囲を見渡した。こんな山の中で雨など降られては、風邪を引いてしまう。自分はともかく一輝に風邪など引かれては困るので、雨宿りする場所を探さなければならない。

「あそこ、ちょっと窪《くぼ》んでる。通り雨だと思うから雨宿りしよう」

切り立った崖《がけ》みたいな場所に大きな木が根を生やしていて、上手《うま》い具合に雨を避けられそうな窪みを作っていた。雨粒が激しくなってきて、春也は一輝の手を引いてその窪みに飛び込んだ。しゃがまなければならないくらいの高さだが、どうにか二人分、雨宿りできそうだった。身を寄せ合って落ち着いたとたん、土砂降りの雨が地面を叩きつける。

「すごい雨だね……」

降りしきる雨を見つめて呟くと、一輝が肩を抱き寄せてきた。振り向くと一輝の顔がすぐ近くにあって、唇を寄せられる。誰かに見られたらどうしようかと心配したが、激しい雨がカーテンの役割をしていたので、つい目を閉じてしまった。

「ん……」

髪を撫《な》で、一輝が深く唇を重ねてくる。ジャージ越しの体温が温かくて、一輝に身を寄せた。三年生にもなると、一輝はもうほとんど大人の男の顔をしていて、最近では憂いを帯びた顔をすると見慣れた春也でも見惚《みと》れるくらい格好よくなった。もしここが山奥の男子校でなければ、きっと一輝に惚《ほ》れる女子学生がたくさんいたに違いない。

その一輝は三年生になると、少しだけ明るさを失っていた。時々考え込むように遠くを見つめることがあるし、前ほど友人と馬鹿騒ぎをすることもなくなった。あいかわらず執行部には入っているが、何の役職にもついていないし、むろん他の部活にも参加していない。そもそも一年生の時執行部に入ったのは生徒会長になるためだと思ったのに、立候補すらしなかったのは意外だった。一輝に聞くと「気が変わった」とだけしか言ってくれなかったが、どういう心境の変化があったのか春也には分からないままだ。

生徒会長にはハマルと壮太《そうた》が立候補し、僅差《きんさ》でハマルが勝って壮太は副会長に落ち着いた。ハマルもてっきり一輝が立候補すると思っていたので、驚いていた。友人の手伝いで入っていた執行部も、新しい生徒会長に替わりほとんど在籍しているだけになっている。一輝は大学進学だから、今はもっぱら勉強ばかりだ。春也は就職組なのでそれほど勉強はしていないが、一輝だけが机に向かうのは申し訳ないのでつき合いで勉強している。

一輝との仲は、変わったようにも変わってないようにも思う。

三年生になった今も、一輝が自分に飽きなかったのは、春也にとって大きな悦《よろこ》びだった。もしかしたらと思う瞬間もあったが、結局一輝は春也だけで満足した。約束の期限は一年を切った。別れの日を考えると頭がぐちゃぐちゃになるので、春也は考えないようにしている。

「ひゃ…っ」

体育着の上から乳首を爪で引っかかれ、春也はびくんと身を震わせて声を上げた。

「か…、一輝…っ、こんなとこ、で…っ、ん…っ」

春也の耳朶《じだ》に舌を這《は》わせ、一輝が爪でカリカリと乳首を弄《いじ》ってくる。慣れた身体は布越しとはいえ、刺激されるとすぐに反応した。体育着の上からも弄られたほうの乳首がぷくりと立ち上がっているのが分かり、一輝から離れようとする。だが一輝は肩に回した腕を解かず、わざと音を立てて耳朶をしゃぶりながら、反対の乳首も指で引っ掻《か》いてきた。

「やらしーな…、乳首尖《とが》らせて」

耳元で囁《ささや》かれ、ひくんと腰が熱くなった。

一輝は以前と比べ、少し変わった。最近意地悪するようになった。

「一輝……、こんなとこで駄目だって、ば…。そこ…弄らないで…っ、や…っ」

駄目だと言っているのに、一輝は執拗《しつよう》に乳首を愛撫《あいぶ》してくる。充血して尖った乳首は、一輝の指がそこを引っ掻くたび、甘い痺《しび》れを腰に伝えてくる。

「あ…っ、ふ…うっ」

尖った乳首を布の上からぎゅっと摘《つま》まれて、びくんと大きく身じろいでしまった。一輝は耳朶のふっくらした部分に歯を当て、体育着の裾《すそ》から手を差し込んできた。

「ひゃ、う…っ」

じかに一輝の指が乳首を摘むと、抑えきれない声が口から飛び出た。今は雨が降っているから危険は少ないが、オリエンテーリングの最中だ。いつどこから生徒が現れるか分からない。

「一輝…っ、も、許して…っ」

愛撫をやめない一輝に濡《ぬ》れた声で頼んでみたが、無駄だった。一輝は指で弾《はじ》くように乳首を刺激して、首筋を舌で辿《たど》ってくる。乳首を弄られて下腹部が形を変えている。こんな場所で勃《ぼっ》起《き》してしまった自分に羞恥《しゅうち》を覚え、春也は甘い吐息をこぼした。

「舐めてやるから……体育着、まくって」

紅潮した頬の春也を見つめ、一輝が囁く。一輝の瞳の奥には、情欲の翳《かげ》りがあった。受け入れるしかないと悟り、春也はおずおずと体育着をまくった。一輝が肩から手を抜く。

「んん…ッ、ひゃ…っ」

胸元が見えるように体育着をまくると、一輝が顔を寄せ、舌で乳首をねっとりと舐《な》めてきた。

柔らかく温かな口内に包まれ、ぞくりと快感が走る。

「や…っ、あ…っ、あぅ…っ」

一輝の舌が乳首に絡みつく。それが腰が熱くなるほど感じてしまい、慌てて変な声がこぼれそうになるのを我慢した。一輝はぴちゃぴちゃと音を立てて、乳首を舐めてくる。右の乳首が濡れると左の乳首を濡らし、両方の乳首を刺激してくる。

「か…ずき、も…っ、…っ」

じっくりと乳首ばかり責められて、真っ赤な顔で身悶《みもだ》えた。一輝が笑って顔を離し、短パンの裾から手を差し込んでくる。

「ひゃ、あ…っ」

太ももから這ってきた手が、強引に下着に触れる。ずくんと腰に響き、甲高い声を上げてしまった。

「パンツ濡れてるじゃん…、乳首だけでこんなになったのか?」

中に入れた手を抜き、一輝が短パンの上から股間《こかん》を揉《も》んでくる。一輝の言葉どおり、下着の中で先走りの汁があふれ、濡れているのが分かった。恥ずかしくて赤い顔でそっぽを向いていると、一輝が笑って春也の手を引いた。

「あ…っ」

一輝が自分の股間を握らせるようにしてくる。一輝のそこも、すでに勃起して盛り上がっていた。

「お前が感じてるの見て勃《た》った…。……入れたい。下、脱いで」

熱っぽい目で見つめられ、春也は黙って体勢を変えた。本当はこんないつ誰が来るともしれない場所で繋《つな》がるのは嫌だったが、こうなった以上、一輝は繋がらないと終わってくれない。それに何よりも火照《ほて》った自分の身体も、一輝が欲しくてたまらなくなっていた。

うずくまって短パンを膝《ひざ》まで下ろし、尻《しり》を一輝に向けて突き出す。一輝は剝《む》き出しの春也の臀部《でんぶ》に手を這わせると、すぼみに舌を寄せてきた。

「か…、一輝、いいよ…っ、そんなの…っ」

尻の穴を舐めるとは思わなかったので、びっくりして声が引っくり返ってしまった。一輝は舌でぐりぐりとすぼみを濡らし、臀部を手のひらで撫でてくる。

「手、汚れてるから仕方ないだろ。じっとしてろ」

確かに山の中をずっと歩いていたから、手は汚れている。それでも一輝にあらぬ場所を舐められるのは恥ずかしくてならない。このまま土砂降りの雨が続きますようにと願い、春也はじっと尻を突き出した格好で悶えた。

「ん…く、ふ…っ、ひゃあ…ぁ…っ」

ぬるりとした舌で蕾《つぼみ》を弄られるのは、ぞくぞくして腰が震えた。昨日も夜、弄られたせいかそこは柔らかくなっている。一輝は唾液《だえき》ですぼみの周辺を濡らすと、腰を上げ、勃起した先端を押しつけてきた。

「入れるぞ……」

言葉の後にずぶずぶと一輝の性器が中に入ってくる。襞《ひだ》を掻き分け、熱くて硬いモノが狭い穴を目いっぱい広げてくる。

「ひゃ、う…ぅ…っ、あ…っ」

懸命に声を殺そうとするが、苦しくて気持ちよくて、変な声が飛び出た。一輝は少し強引に根元まで埋め込むと、大きく息を吐いて背後から春也の身体を抱きしめてきた。

「こんなとこでやってるからかな……すげぇ興奮してる」

背中越しに一輝の心臓の音が聞こえて、春也も身体が一気に熱くなった。

「あ…っ、は…っ、かず、き…っ、おっき…ぃ」

興奮していると言うだけあって、内部にいる一輝の熱がいつもより大きい気がした。ぴくぴくと脈打つ熱は、あるだけで春也を前後不覚にする。

「誰かに見られても……やめないからな」

上擦った声で囁き、一輝が腰を突き上げ始めた。最初から激しく中を穿《うが》たれて、頭が真っ白になった。ここが外だというのも忘れ、甘い声を上げてしまう。

「あぁ…っ、ひ…っ、あ、う…っ」

雨音が激しくて喘《あえ》ぎ声を掻き消してくれる。ずくずくと内部を揺さぶられ、春也はとろんとした顔で嬌声《きょうせい》を上げた。先端の張り出した部分で感じる場所を擦《こす》られ、前から先走りの汁が地面に伝った。すっかり感じやすくなった身体は、中を突かれるだけで十分気持ちよくなってしまう。

「あ、ふ…っ、ぅ…っ、ひ…っ」

一輝は春也を抱え込むようにして腰を律動させる。まくり上げた体育着に手を差し込み、腰を揺さぶりながら乳首を弄られた。感じる場所をいくつも責められると、甘ったるい声が引っきりなしにこぼれる。

「やぁ…っ、あ…っ、や…っ、う、ぅ…っ」

ぐりぐりと乳首を強めに摘まれているのに、痛いどころか気持ちよくて腰が震える。おまけに銜《くわ》え込んだ一輝のモノを締めつけてしまい、まるで射精を促すようだ。

「すぐイっちまいそーだな…。まだイくなよ、一緒にイきたい…」

はぁはぁと息を荒げ、一輝が乳首を弄っていた手を春也の性器に絡めた。

「や…っ、あう…っ」

根元をぎゅっと握られ、あと少しで絶頂に達するところだったのを阻止された。もどかしくて腰を振ると、一輝が甘い呻《うめ》き声を出した。

「エロ…」

かすれた声で呟き、一輝が腰を突き上げてくる。深い奥まで届くように性器を突き立てられ、びくびくと身体を跳ね上げた。イきたくてもイけなくて、身の内に快感だけが溜《た》まっていく。思わず大きな声が出そうになり、両手で口を押さえた。

「ふ…っ、う…っ、う…っ」

雨音が徐々に激しさを失っていく。一輝が突き上げるたびに濡れた音が聞こえてきて、春也は身体を震わせた。いつものように中に出すのだろうかと考え、やめてほしいと言おうとした。精液を残したままでは皆のところに戻れない。

「か、ず…っ、ひ、あああ…ッ!!」

急に一輝の動きが止まったと思ったとたん、強引に性器を扱《しご》き上げられる。抗《あらが》えない強い快楽に呑《の》み込まれ、下腹部から白濁した液を吐き出した。同時に銜え込んだ一輝の性器を締めつけてしまったようで、一輝がかすれた声を上げて中に射精してくる。

「ひ…っ、ひ、あ、う…っ」

内部に欲望の印を注ぎ込まれ、春也はひくひくと腰を蠢《うごめ》かせた。一輝は荒く息を吐き出しながら、覆い被《かぶ》さるように春也の背中に密着してくる。

「はぁ…っ、はぁ…っ」

しばらくは乱れた息をまきちらし、一輝はそのままの状態だった。やがて落ち着いたのか、ずるりと腰を引き抜き、繋がりを解く。

「ん…っ」

一輝の性器が抜かれ、それを追うように尻のすぼみから精液が伝った。ハンカチなんか持ってないから、この状態でどうすればいいのか途方に暮れた。

「何で中で出すの……？　このままじゃ帰れないよ…」

まだ息は乱れていたが、それよりも下着の中が気持ち悪かった。仕方なく短パンを引き上げたが、こんなことならジャージを着てくればよかった。

「お前の中に俺の匂い残したかったから」

平然とした口調で一輝が告げ、ズボンを脱ぐ。一輝の発言にぽかんとした顔をしていると、一輝は着ていた上下のジャージを脱ぎ去り、春也に押しつけてきた。

「早く着ろ。行くぞ」

急に一輝が立ち上がり、窪みから外へ飛び出す。少し雨の勢いは収まっているが、まだ結構降っている。手渡されたジャージの上下を抱え、春也はびっくりして止めようとした。

「え、でも一輝が風邪引いちゃうよ……？」

「平気。早く着ろって。濡れちまえば、下着の中も気にならねぇだろ」

一輝にどやされて慌てて一輝のジャージの上下を身にまとった。一輝とは身長差があるので、ズボンの裾を何度か折らないといけない。身仕度を整えて雨の中に飛び出すと、一輝が手を引っ張る。

「こんな雨じゃもうオリエンテーリングは中止だよな。寮に戻ろうぜ」

少し歩くとすぐに全身がずぶ濡れになった。春也はジャージの上下を着ているからいいが、一輝は体育着に短パンだけだ。水を含んで濡れていく体育着を見ると、本当に風邪を引きそうで心配だ。

「しんどかったら言えよ」

心配しているのはこっちなのに、逆に一輝に気を遣われ、なるべく早足で山道を下った。先ほどまで一輝を受け入れていた身体は少しぎこちないが、慣れてきたのか痛みはない。それよりも歩いていると一輝が中に出したものが、どろりと出てくるのが分かって恥ずかしかった。

「優しいか優しくないか分からないよ…」

一輝の手を握りながら囁いたが、雨のせいで一輝には聞こえなかったようだ。

三年生になってから、時間が過ぎるのが早くなった。卒業したら一輝とも綿貫《わたぬき》家とも縁が切れる――――それを待ち望んでいたはずなのに、今の春也はその日が来るのを恐れていた。まだずっと先だと思っていた日が、少しずつ近づいてくる。

月が替わるごとに不安が広がり、日曜の礼拝の後は、意味もなく残って考え込むようになった。一輝との別れ――――それがどうしても信じられなくて、心の整理がつけられなかった。

これだけ長い間まるで影のように寄り添っていた相手がいなくなる。そんな日が果たして本当に来るのだろうか。それだけではなく、自分の身の振り方という意味でも春也は不安を抱えていた。

春也は高校を卒業したら就職する。いくつかの企業を推薦され、夏には就職テストを受けに行く。履歴書も書かねばならないし、面接もある。自分が綿貫家という庇護の下から離れ、独立するというのが現実のものとして想像できなかった。住むところは今と同じように社員寮があるところを選ぶつもりだが、それ以外でもいきなり一人で放り出されることに不安があった。それに親のこともある。あの日、綿貫家で別れてから両親には一度も会ってない。両親に対する恨みは、今はほとんど薄れてしまった。こんなことを言うと一輝は呆《あき》れるが最初は確かに恨んでいたけれど、今の一輝は十分過ぎるほどいい生活をさせてもらっている。それもこれも一輝という相手に恵まれたからだ。一輝のおかげで父母に対する恨みはなくなった。父や母は今どうしているのか。連絡がないのも心に引っかかっていた。どこでどうしているのか知る術《すべ》はないけれど、元気でいるのか気にかかる。

（きっと、あっという間に卒業の日が来るんだろうな…）

漠然とした不安が、日が経つにつれ春也の頭にのしかかった。春也が就職することに関して、一輝が一切聞かなかったのも胸を痛めた。少しは気にしてくれていると思いたいのに、一輝はどの会社に行くのか、どの辺りに住むのか、何も聞いてこない。その態度を見ていると、本当に高校を卒業したら縁が切れてしまうのではないかと怯《おび》えた。確かに出会いは最悪なものだったけれど、高校を出た後も一輝と会いたいとひそかに思っていた。今みたいに身体の関係だけでもいい、何か繋がりがほしかった。一輝はきっと大学に入ったら、自分に見合った彼女を作るだろう。それは仕方ないこととして受け入れるから、まったく会わないなんてしてほしくなかった。

一輝との未来について考え始めると、頭がぐちゃぐちゃになって最後はよく分からなくなる。一輝が本当は自分のことをどう思っているのか。聞きたいけれど怖くて聞けずにいた。一輝からの愛情みたいなものを感じる瞬間はあるけれど、一輝ははっきりした愛の言葉を絶対に口に出さない。身体は求めてきても、好きという一言すら聞かせてくれない。たまに耐えきれず春也が好きと口走ると、決まって顰《しか》め面になり目を逸《そ》らすのが常だ。

嫌われてはいないと思いたい。でも、一輝は自分を好きなわけではないかもしれない。最初に父親にあてがわれたように、やはりただの便器代わりだったんだろうか。

（違うよね、違うって言ってほしい……）

ベッドにもぐって一輝の気持ちをあれこれ考えていると、しまいには悲しくなって涙が滲《にじ》んでくる。一輝には愛情を尽くしたつもりなのに、まだ足りないのだろうか。友達ですらないのだろうか。

夏休みに入る直前、春也は文房具を扱ったメーカーに内定が決まった。都内にある老舗《しにせ》のメーカーで、筆記試験や面接もしたが、それ以上に学校の名前が大きく影響して内定をもらえた。寮に入りたいという話をすると、面接官は意外そうな顔をしていた。金持ちだと誤解しているのだろう。

最後の夏休みが訪れ、いつものように一輝は綿貫家に戻ることになった。

去年、一昨年と同じように休みの間は寮に残ろうとしていた春也は、寮長から困った話を聞かされた。今年のお盆の時期は、寮はすべて出入り禁止になるらしい。業者の掃除が入るらしく、その期間は学校に残ってはいけないと通告され、春也はどこへ行けばいいのか悩んだ。いつも綿貫家に戻ることを思うだけで憂鬱《ゆううつ》になるところだが、今は少しでも一輝と一緒にいたくて、帰るのも嫌ではなかった。けれどそんな春也に、一輝はあからさまに嫌そうな顔をした。

「お前はいい、来るな」

冷たい声で拒絶され、久しぶりにおろおろした。来るなと言われても春也は行くところがない。

「でも俺、どうすれば……」

春也に行くあてがないと分かると、一輝は少し黙り込んで髪を掻き毟《むし》った。その日はそれ以上話し合いにならなくてうやむやのまま終わった。

そんな春也に祐司《ゆうじ》が救いの手を差しのべてきた。夏休みは沖縄《おきなわ》に一週間ほど行くのだが、一緒に来ないかというものだ。

「祐のところ行けよ。俺も行けたら後から参加するから」

一輝にそう言われ、これ以上一輝と言い合いをしたくなくて祐司の誘いにのった。聞けば壮太も参加するというし、祐司の婚約者の恵子《けいこ》も来るという。他にも数人知らない人がいるらしく、ふだんなら人見知りする春也は尻込みするところだが、他に行く場所もなくてついて行くことにした。

改めて本当に自分には居場所がないんだなと思うと、切なくなった。それにしても一輝にあれほど綿貫家に戻るのを嫌がられるとは思わなかった。

お盆になり、沖縄までは祐司と壮太と三人で向かった。沖縄に着いて驚いたのは、泊まる場所がホテルだったことだ。そこで初めて知ったのだが、祐司の父親はホテル経営をしていて、今回泊まる部屋は余っている部屋を使わないと古くなるからという理由で無料だった。渡された部屋番号には４０９という数字が入っていて、確かにこれはあまり泊まる人は少ないだろうと思われた。

「ハル、一人で平気か？　お化けが出たら電話しろよ！」

一輝が来たら一緒に泊まることになっていたので、しばらく春也は不吉な番号の部屋に一人きりだ。壮太は意外にも怖がりで、祐司と泊まる９０４号室に入る前から怯えている。反対に祐司はまったくそういった怖さが分からないらしく、怯えている壮太に呆れていた。

沖縄旅行は思ったよりも楽しかった。祐司や壮太、それに初めて会う祐司の家族も優しくていい人たちだった。祐司が優しいのはいい家族に恵まれているからだろう。温かい愛情に包まれている祐司が、まぶしくて羨《うらや》ましかった。沖縄の澄んだ海にもぐり、波間に揺られる。壮太と祐司はそれぞれ受験のための勉強道具も持ってきていたが、二人とも合格圏内の学校ということもあって、それほどしゃかりきに勉強している様子はなかった。恵子とは仲良くなり、一緒に海に行ったり観光したりした。ここではゆったり時間が流れている。三線《さんしん》の音を耳にするとノスタルジックな想いに囚われた。

こういった自分にはありえないような世界を体験するたび、楽しくて時を忘れる。だが一人部屋に戻って、ふっと己の置かれた立場を思い返すと、心が寒くなり鼓動が速まった。祐司たちを騙《だま》しているような心細い不安な気持ちに駆られた。

だからこそ五日目に一輝が来てくれた時は、心の底から安堵《あんど》して嬉しかった。ホテルのロビーで話している最中に、祐司の携帯電話に一輝から連絡が入ったのだ。今着いたから合流すると言っている。嬉しくて身を乗り出して祐司の携帯電話に顔を近づける。

「あーあー。妬《や》けるよね、ハルここに来て一番いい顔してる」

祐司が苦笑まじりで告げて、電話を切った。一輝はタクシーでこちらに向かっているという。

「えっ、何？　何？　今、何か言った？　もしかして噂の一輝君、来るの？」

耳敏《みみざと》く聞きつけた恵子が会話に参加したがったが、祐司はそれを阻止するかのように彼女の腕を引いた。

「俺たちお邪魔だろうから、後で落ち合うよ。一輝、もう来るって言うからここで待ってなね。――ていうかハルたち二人を見て、恵子ちゃんがおかしくなりそうだから隔離しとく。昼過ぎに昨日お昼食べたところで待ち合わせしよう」

後半は春也の耳元で囁いて、祐司は騒ぐ恵子をホテルの外に連れ出した。沖縄に来てあれこれ話しているうちに、一輝の話がぽろぽろ出てきて、すっかり恵子の興味を引いてしまった。ばれても春也は別に構わないが、祐司としてはこれ以上おかしくなる恵子を見たくないらしい。壮太は朝からずっと祐司の姉の買い物につき合っているので、どこにいるか分からない。壮太は女子大生の祐司の姉と親密なムードになっている。

一人きりでロビーのソファに座っていると、三十分ほどして一輝が現れた。一輝は青っぽい半袖のシャツを着ていて、肩にボストンバッグをかけている。サングラスをかけていたので一見別人みたいで、ドキドキした。

「あいつらは？」

ソファから立ち上がって近づくと、一輝がサングラスを外してポケットに入れる。一輝はそれほど疲れている様子はなかった。部屋を案内しながら、祐司が後で落ち合うと言っていた話をした。一輝はホテル内を見渡して、ふーんと気のない返事をした。

「お前、もうたくさん遊んだ？」

４０９号室のドアに鍵《かぎ》を差し込んでいると、背後にいた一輝に聞かれた。

「ん……。祐がいろんなとこ連れて行ってくれた」

正直に申告すると、一輝が開いたドアを先に押し開ける。キーを差し込むと室内の電気が灯《とも》り、こじんまりとした部屋が現れる。シングルベッドが二つ並べられ、壁に沿って机とテレビが置かれている。沖縄市内にあるビジネスホテルは、どこもこんな内装だという。

「一輝、どこか行きたいところ…」

一輝のバッグを受け取ろうとした腕を、反対に引っ張られた。一輝はバッグをベッドの上に放り投げ、春也の腕を引く。

「それよりもしたい」

熱っぽい声で抱き寄せられ、春也は驚いて身をすくめた。一輝は少し乱暴なほどの力で春也をベッドに押し倒してきた。

「か、一輝…、でも祐たちが…。祐と後で合流するって…」

待ち合わせの時間に現れなかったら、きっと心配する。まだ二時間ほどあるが、一輝に抱かれた身体で顔を合わせるのは何となく嫌だった。

「うるせぇな！　いいからやらせろよ!!　やりにきたんだから…っ」

急に苛立《いらだ》った声で一輝が告げ、どきりとして春也は抵抗をやめた。一輝を怒らせてしまっただろうかと、不安でいっぱいになる。心細げな表情をしてしまったのか、一輝と目が合うと、一輝は舌打ちして頭をがりがりと掻いた。疲れている様子はなかったから大丈夫だと思っていたが、一輝は神経質になっている。綿貫家に戻るたびに神経がささくれ立っていたのを思い出し、春也は慌てて服を脱ぎ始めた。

「ごめんね、待って。今、脱ぐから……」

一輝を苛立たせたくなくて、急いで服を脱いでゆく。祐司たちには後で何とか言い訳をすればいい。それよりも一輝の気持ちを落ち着かせたい。

「……何時？」

手早く服を脱いで床に落としていくと、一輝がぼそりと問いかけてきた。

「え？」

「祐たちと待ち合わせてる時間…。それまでに終わらせればいいんだろ」

低い声で一輝に言われ、待ち合わせの時間を告げた。一輝は苛立った自分を恥じるかのように裸になった春也に覆い被さってキスをしてきた。

数日会わなかっただけなのに、一輝と離れていた時間が長く感じられて、春也は夢中になって一輝の唇を吸った。一輝の大きな手が春也の髪を掻き乱し、きつく抱きしめてくる。

一輝はバッグの中に入っていたローションを取り出し、最初から春也の尻を濡らしてきた。繋がるのは久しぶりで、奥をほぐされながら鼓動が速まった。最近互いに忙しくて、以前のように遠くのラブホテルを使うこともできず、最後にアナルを使ったセックスをしたのは体育祭の日かもしれない。寮で互いの性器を愛撫する時、一輝は必ず尻を弄る。そのせいで尻に指を入れられると感じるようになり、前を弄らなくても先走りの汁で濡れるくらいになってしまった。そんな自分が恥ずかしくて嫌なのだが、どうしても内部を刺激されると身体が火照る。特に今日は一輝のモノを受け入れるのだと思うと、期待で胸が高鳴った。

「あ…っ、ひ、ぁ…っ」

春也の奥がゆるまると、一輝はすぐに両足を広げ挿入してきた。熱くて硬いモノがずるずると奥まで入ってきて、ぞくりと背筋に愉悦が走る。今の春也は挿入に苦しさは残っても痛みは感じなくなった。苦しさも最初の圧迫感だけで、一輝の性器が身体に馴染《なじ》むと、もう気持ちよさしか残らない。

「お前…、すげぇ濡れてる…。これ、ケツだけでイけんじゃねぇの…？」

春也の足を胸に押しつけ、一輝が興奮した声をこぼす。自分の性器が反り返り、しとどに濡れているのを目にして、春也は顔を熱くしてシーツに押しつけた。すっかり感じまくって勃起した性器がびしょびしょになっていた。

「や…やだ…」

「イってみろよ、できるだろ。指だけでイけたしな、この前」

一輝が笑って腰を揺すり始めた。とたんに甘い痺れが全身に広がる。

「あ…っ、あ、う…っ、はぁ…っ」

一輝の言うとおり、前に一度指だけでイかされたことがある。今でも思い返すと恥ずかしくて死にそうだ。一輝が軽く揺さぶるだけで気持ちよくて声が上がる。後ろでの快感を覚えたこの身体はきっと一輝に突かれただけで絶頂に達してしまうだろう。

「ほら、ここ……。ここ擦ると弱いよな。すぐ顔真っ赤になって、目が潤む…」

「やぁ…っ、あ、あ…っ」

弱い部分を重点的に責められ、絶え間なく甘い声が口から飛び出た。やはり一輝と繋がると、声を我慢できない。隣の部屋の人に聞かれないか心配なのに、一輝が動くとどうしても切ない声がこぼれてしまう。

「入れてると、中吸いついてくるみてぇ……。超気持ちいい…」

ゆっくりと腰を出し入れしながら一輝が囁く。一輝が気持ちいいと言ってくれるのが嬉しくて、奥を揺さぶられるのが心地よくて、春也は無意識のうちに一輝に腕を伸ばした。一輝がすぐに気づいて繋がったまま身を屈めて抱きしめてくる。覆い被さるように唇が重なり、舌が入ってくる。互いの唾液が絡まり、一輝の吐息がかぶさるのに興奮した。会えなかった間寂しかったと伝えるようにキスを求める。

「あ…っ、あ…っ、う、は…ぁ…っ」

一輝に抱きしめられながら腰を動かされて、甘ったるい声が引っきりなしにこぼれる。まるでこうされるのを待っていたみたいだ。勃起した性器からたらたらと蜜《みつ》があふれるたび、春也は激しく息を吐き出した。

「ん…っ、あ…っ、はぁ…っ、はぁ…っ」

身体の奥にある熱くて硬いモノが、理性を失わせていく。一輝が身体を密着させると、腹の辺りに勃起した性器の先端が擦れて、余計に感じた。

「あ…ぁ…っ、は…っ、うあ…っ」

小刻みに腰を揺さぶりながら、一輝が耳朶を甘く噛んでくる。感じすぎて目尻から涙があふれ、頬を伝った。それを一輝の舌が舐めていく。

「俺のこれ……好きか?」

腰を突き上げるようにして言われ、胸がずきりとした。

「あ…っ、あ…っ、す、き…っ、一輝…っ、好き…っ」

好きという言葉を口にすると胸が震えてしまう。ずきずきと胸の奥が痛くて、潤んだ目で一輝を見つめる。一輝は目が合うと一瞬だけ顔を歪《ゆが》ませ、春也の唇をふさいできた。内部で一輝の熱が膨らみ、律動が速くなる。

「ま…って、駄目、イっちゃ…っ」

急に突き上げるのが速くなり、息が詰まった。断続的に感じる場所を熱で擦られて、声が甲高くなっていく。一輝の息遣いも荒くて、頭の芯《しん》がカーッとなった。

「ひ、あ、ああ…ッ!!」

首筋に噛みつくようにされ、中を掻き回されているうちに、どうしても抗えない波が訪れ、大きく身を仰《の》け反らせて射精した。びくびくっと震え、四肢を突っぱねる。春也がイったのに気づくと一輝が身体を起こし、搾《しぼ》り取るように性器を扱いてきた。

「ひゃ…っ、あ、う…っ」

一輝に扱かれ、残っていた残滓《ざんし》が先端からまたどろりとこぼれてくる。

「すげぇな…、ホントに尻でイけた…」

精液で濡れた指を広げ、一輝が興奮した様子で呟いた。鼓動が波打って、上手《うま》く呼吸できなかった。胸を大きく喘がせてはぁはぁと息を吐き出すと、一輝の濡れた手が、胸元を宥《なだ》めるように撫でてきた。

「や…っ、あ、ん…っ」

一輝の指先が乳首に引っかかり、甘い痺れが走って鼻にかかった声が上がる。敏感になっている身体は、一輝が優しく触れるだけでも快楽を拾い取る。

「またすぐイっちゃいそうだな…」

春也の乳首を指先で引っ張り、一輝が囁く。尖った乳首を摘みながら引っ張られ、一輝を銜え込んだ内部が収縮した。ひくんと腰を震わせ春也が仰け反ると、一輝は再び腰を突き上げ始めた。

「ひ…っ、あ…っ、はぁ…っ、はぁ…っ、あ、うぅ…」

一度達した後の声は、いつもかすれてしまう。口の中が渇いて、声が舌足らずになるし、頭もぼうっとして、身体中から力が抜ける。一輝を喜ばせたいと思うのに、入れられている間の自分は、ただ喘いで揺さぶられるだけしかできない。

「う…っ、はぁ…っ、は…っ、イきそ…っ」

一輝の突き上げるスピードが速くなって、内部が火傷《やけど》するみたいに熱くなった。太いモノが根元まで埋め込まれると、切なくて腰が震えた。一度達したはずなのに、萎《な》えるどころか二度目の射精を促されているようだ。

「あ…っ、あっ、ひ…っ、んぅ…っ」

ピストン運動がピークに達した頃、一輝が息を詰めて奥まで性器を埋め込んできた。

「く…っ、は…っ」

溜めていた息を大きく吐き出し、一輝ががくりと前につんのめってくる。同時に内部で一輝が精液を吐き出したのが分かり、春也は無意識のうちに繋がった場所に力を入れた。

「あ…っ、つ…」

一輝が不意打ちを喰《く》らったように顔を歪ませ、甘い声を上げた。

激しい運動をした後のように二人で重なりながら、忙《せわ》しく息を吐き出した。一輝は息をきらせながらも貪《むさぼ》るように春也の唇を奪ってくる。懸命にそれに応《こた》え、春也は甘く呻いた。

「…あ…っ、ン…ッ」

キスをして身体中を撫でられているうちに、中にいた一輝の性器が硬度を取り戻していく。

「春也…」

上擦った声で名前を呼ばれ、春也は一輝の首に腕を回した。


午後になって祐司たちと落ち合い海に出かけたが、一輝はあまり楽しそうではなかった。皆に合わせて笑っていても、すぐに心がどこかに飛んでしまっているのが見ていて分かる。

祐司と恵子が浮き輪を持って泳ぎに行ってしまうと、春也は一輝と二人でパラソルの下で、カキ氷を食べた。一輝は水着だけだが、春也はどこかに一輝の残した痕《あと》がありそうで、パーカーを羽織っている。改めて一輝の筋肉のついた上半身を目にして、どきどきした。並んでいると自分が貧弱な身体に思える。

シートに膝を抱えて座り、春也は一輝が憂えている理由を探ろうとした。多分綿貫家で何かあったのだろう。一輝は時々何かを思い出しては腹立たしげに髪を掻き乱している。

「ゴミ、捨ててくるね」

食べ終えた二人分のカップを持って、ゴミ箱に捨てに行った春也は、ついでに土産物《みやげ》売り場を覗《のぞ》いた。三線を小さくしたキーホルダーが売っていて、可愛らしいし沖縄っぽいので手にとってみた。迷ったが一輝とペアで持ちたいなと思い、二つ買う。

一輝の傍《そば》に戻ろうとして、春也はどきりとして足を止めた。

パラソルの下にいる一輝に向かって、水着姿の女性が何か話しかけている。遠目から見ても逆ナンパだろうと分かって、春也はしばらく近づけずにその場をうろうろした。女性たちは豊満な胸を見せびらかしながら一輝に誘いをかけている。一輝はほとんど動じた様子もなく、一言二言彼女たちに声を返していた。

「やだ、ノリわっるー」

離れていても聞こえるほど不満げな声を上げて、女性たちが去って行く。二人が遠ざかった辺りでやっと春也は一輝の傍に戻り、おそるおそる腰を下ろした。一輝はあいかわらず平然とした様子で海を眺めている。

「今……ナンパされてなかった？　行ってきてもいいよ…？」

もしかしたら自分に気を遣ってくれたのかもしれないと思い、小声で言ってみた。ふだんは男子校にいるからこういう機会にはあまり遭遇しないが、一輝だって若くて綺麗《きれい》な女性と遊びたいかもしれない。本当は行ってほしくないけれど、一輝を束縛するのも嫌だったのであえて告げた。

「興味ねぇよ、あんなの」

どうでもいいと言いたげに一輝が答える。その答えにホッとすると同時に、もしかしたら一輝は春也が思う以上に春也を好いているかもしれないと胸が高鳴った。手に握った土産物の袋をぎゅっと握り、春也は膝に顔を埋め、唇を開いた。

「一輝……、俺のこと……好き…?」

今まで自惚《うぬぼ》れてはいけないと思って一度も聞いたことはない。だからそう尋ねるのは大きな勇気がいったし、口にしただけで心臓が口から飛び出してしまいそうなほど緊張した。けれど今なら一輝が好きだと答えてくれる気がして、勇気を出して聞いてみた。もし一輝も自分と同じ気持ちでいてくれるなら、さっき買ったお土産を手渡して、ずっと一緒にいたいと言ってみよう。

「……」

春也の問いに、一輝が驚いたようにこちらを見た。だが口をついて出てきた言葉は、春也が望むようなものではなかった。

「何でそんなこと、聞くんだよ」

いくぶん苛立った声で言われ、春也はびくりとして肩を震わせた。一輝は顔を歪ませ、睨《にら》みつけるみたいに自分を見ている。そんなに嫌な質問をしてしまったのだろうかと怯え、春也は砂浜に目を落とした。

「くだらねぇこと、聞くな」

「ご、ごめん…」

きつい口調で告げられ、反射的に謝り、春也は唇を噛んだ。一輝の尖った声に、一気に奈落《ならく》に落とされた思いだった。どうしてそんな質問をしてしまったのか、自惚れるにもほどがある。綿貫に便器代わりと言われたのも忘れて、増長した自分を呪《のろ》った。

「ごめんなさい……」

小さな声でもう一度謝ると、咽《のど》の奥がひりひりして泣きたい気分に襲われた。恥ずかしくて居たたまれなくて、顔を上げられなかった。それほど一輝に嫌がられる質問だなんて考えもしなかったのだ。

このまま一輝の傍にいるのもおこがましい気がしてきて、春也は一人でホテルに戻ろうと思った。

「俺……」

身じろいだ瞬間、いきなり一輝が両の頬を押さえて深く口づけてきた。一瞬何をされたのか分からなくて固まっていると、一輝は嚙みつくようにキスをして、春也を睨みつけてきた。

「お前は馬鹿だ……っ、すっげー馬鹿だ」

顔を歪ませ、一輝は低く怒鳴りつける。一輝は春也より泣きそうな顔をしていて、その表情に胸を衝かれた。してはいけない質問をした——それが分かっても、どうして一輝がそんなにつらそうな顔をするのか分からなかった。

一輝は苛立ったように立ち上がり、「先にホテルに帰る」と吐き捨て、砂浜を歩いて行ってしまった。呆然《ぼうぜん》として足早に去る一輝の背中を見つめていると、近くにいた水着姿の女性が、さっと目を逸らしていった。先ほどのキスを見られたのだろう。だがそんなことどうでもいいくらい、一輝の言葉が頭の中で渦巻いていた。何故《なぜ》一輝がそれほど怒っていたのか。頭の中がぐちゃぐちゃで整理がつかない。

まだ一輝の唇の感触が残っているのに。

春也を拒絶する一輝の背中に、どうしてもその場を動けずにいた。

最近二人ともおかしいよ、とよく言われるようになった。

同じクラスにいて、ほとんど行動を共にしているのにまったく口を利かなくなっているからだろう。秋が過ぎ、冬が到来し、卒業の日が近づく。寮の自室に戻り、二人きりになるとセックスばかりしている。我慢できなくなった一輝が、寮の部屋でも繋がってくるようになって、狭いユニットバスで、口をふさがれながら後ろから突かれる日が多くなった。獣じみた交わりになってきたのが互いの心を表わしていた。

一輝は最近勉強がおろそかになっている。センター試験前は特に鬱屈《うっくつ》した気分が高まっていたらしく、次の日立ち上がれないくらい求められた。春也はどうせ就職組だからいいが、一輝の試験に影響がないか心配だった。

一輝はふさぎ込むようになり、前のように笑わなくなった。まるで中学時代の一輝に戻ったみたいだ。一輝も春也と同じように、卒業の日が来るのを恐れている。第一希望の大学に受かっても、一輝は大して感動した様子もなかった。一輝のつらそうな表情を時々目にすると、胸が痛む。このままずっと一緒にいてはいけないのだろうかと考えるようになった。

「ハル、もうすぐ卒業ですね」

礼拝堂に残ってキリスト像を見上げていると、ダニエルが近づいてにこやかに話しかけてきた。ダニエルの笑顔につられて笑ってみたけれど、どうしても悲しげな顔になってしまって笑顔になれなかった。

「ダニエル神父、別れたくない人がいるんですけど、どうすればいいですか」

こんな問いはするだけ無駄だと分かっていても、ダニエルの穏やかな笑みにすがりつく思いで尋ねていた。ダニエルは春也の隣に腰を下ろし、優しく笑いかけた。

「それは距離の問題ですか？　それとも心の問題？」

ダニエルに聞かれ、どちらだろうと春也は両手を握った。

「距離…の問題です。多分、遠く離れる…」

「オー、それなら問題はありません」

春也の答えにダニエルが笑って肩を抱く。

「どれだけの距離が離れようと、ハルがその人を想えば、そこにその人はいますよ。神と同じ。

あなたがいると想えば心に存在するのです。いつもその人のために祈ればいい、祈りは目に見えないけれど確かにそこに生まれるのです。愛情というものがね」

ダニエルの話は抽象的過ぎて春也には理解できなかった。けれど一輝のために祈るという行為には、開眼する思いだった。ダニエルに言われて一輝の幸せを願っていると、少しだけ心が軽くなるような、温かな気持ちになった。

卒業式の日、栖鳳《せいほう》学園にはたくさんの父兄が学校を訪れた。一ヶ月くらい前から三年生は自由登校になっていたので、久しぶりに寮内にも生徒が戻ってきた。ほとんどの生徒は自由登校に切り替わったとたんに寮を出てしまったので、残っていた生徒は数えるほどだ。祐司と壮太も静岡《しずおか》にある実家に戻っていて、顔を合わせるのは一ヶ月ぶりだった。

「もう卒業なんて寂しいね」

卒業証書を受け取ってしんみりとした顔を見せる祐司は、恵子と上手くいっているようだ。あいかわらず変な発言は多いが、それでも仲良くしているらしい。祐司からは卒業した後も連絡してねと言われたが、実際に連絡をとるかどうか分からなかった。高校を卒業してしまえば、もう春也はこういった世界の人とはつき合いがなくなる。それをわざわざ口に出すほど愚かではないが、ずっと友達とも言えなくて曖昧《あいまい》な笑顔を浮かべていた。壮太と祐司はそれぞれ大学へ進む。栖鳳学園の生徒は大半が大学進学で、就職組の生徒も親の稼業を継ぐ者が多数をしめる。春也のように何ら縁故のないふつうの企業に勤めるのはまれで、卒業後も彼らと接点があるかどうか分からなかった。

「春也、行くぞ」

別れを惜しんでいた生徒が散り散りと校舎を去って行く中、春也と一輝も寮を出る仕度をした。荷物はまとめておけば綿貫家に送ってもらえる。自分のバッグだけ肩にかけると、一輝と一緒に寮を出た。

一輝は今朝からほとんど私語を発しない。他人のようによそよそしくなって、春也もぎこちなくなっていた。綿貫家に戻って落ち着いたら、せめて最後に礼を言いたいと思っていた。一輝のおかげで、この六年間苦痛を味わうことなく過ごせた。一輝は聞きたくないだろうが、どうせ別れるならどれほど一輝に救われたか伝えたい。そして心の底から好きだと言いたい。

胸に決意を秘めて、一輝と二人で学園を離れた。タクシーで最寄りの空港まで行き、そこから飛行機で一時間半ほどかけて羽田《はねだ》に着いた。着いた時にはすでに日が暮れていた。羽田に着くと車が待っていて、運転席から吉島《よしじま》が現れた。

「吉島さん…」

三年ぶりに見る顔に、自然に笑みがこぼれ出た。吉島は三年の間に少し老いていたが、それでも以前のようにぴんと背筋を伸ばし一輝と春也を迎え出た。

「卒業おめでとうございます。これは春也さんに……後で開けてください」

吉島に包装された大きな平たい箱をもらい、戸惑いながら車の後部席に乗った。卒業祝いを自分だけもらうのは変だと思うが、一輝は当たり前のような顔で窓の外を眺めている。春也の様子に気づいて、吉島が車を運転しながら笑った。

「一輝様の分はもう渡してあるので大丈夫ですよ」

「あ……そうなんですか？」

ミラー越しに吉島に笑われ、赤くなって卒業祝いを膝に乗せた。何が入っているか分からないが、ずいぶん大きな箱だ。

車はゆっくりと進み、二時間ほどして見覚えのある道に差しかかった。三年ぶりに綿貫家に戻るのだと思うと、緊張して身体が強張《こわば》る。だがもう綿貫の言うことは聞かなくていいはずだ。小さかった頃はただ怖くて言いなりになるしかなかったが、今はもう大きくなって力もついた。綿貫の暴力には屈しない。

これから綿貫と顔を合わせるのだと思うと、肩に力が入った。

窓から見える景色は徐々に春也の記憶を呼び覚ましていく。ふいに小さな頃、父の軽トラックに乗せられて初めて綿貫家を訪れた日の情景がオーバーラップした。

車はやがて大きな門をくぐり、まるでどこかの観光地のように手入れの行き届いた薔薇《ばら》園を通り抜けた。あいかわらず綺麗な庭だった。まだ咲いている薔薇は少なく、もの寂しい感じはするが、梅の木が花をつけていて見頃だった。

　玄関ポーチの前に車が停まり、一輝が車から降りた。後を追って車を出ようとした春也は、吉島から「それは車に置いていっていいですよ」と言われ、プレゼントの箱を座席に置いていった。

　三年ぶりの綿貫家の屋敷は、表向きはほとんど変わりはなかったが、玄関を開けて中に入ると見知らぬお手伝いの人ばかりだった。ひんやりとした空気が屋敷内に充満し、足音が耳に響く。階段の傍に大ぶりの皿が飾られていて、横を通るのが怖かった。

「春也さんは、ご主人様がお呼びです。そのままいらっしゃるようにと」

　一輝の後ろについて行こうとした春也は、呼び止められて立ち止まった。一輝と話したかったのだが仕方ない。きびすを返し、吉島の元に行き、階段を上る一輝に視線を送った。一輝は振り向きもせず二階に上がってしまった。

　一階の一番奥にある綿貫の書斎に、春也は連れられた。綿貫との久しぶりの対面に鼓動が速まる。今日は絶対に負けない、と心に強く念じてドアをノックした。六年間、衣食住の面倒は見てもらったが、その分精神的苦痛を味わった。一輝のおかげで平穏な生活を得たが、綿貫には恩義に感じることは何もない。むしろ違法なやり方で子どもを虐待したと責めたいくらいだった。

「入りなさい」

声がかかって、春也は重い扉を開けた。

窓際に立っていた紺のスーツを着た男が、振り向いて春也を見つめた。目を合わせたとたん、ぞくっと背筋が震えて足がすくんだ。先ほどまでの威勢のよさが消え、まともに目を合わせるのも苦しくなってくる。綿貫は三年の間に少し痩《や》せたようだ。ぎょろりとした目が印象的になり、深い闇《やみ》を覗いた後みたいに心がざわめく。蛇のように人を落ち着かなくさせる目だ。どうしてこんな男が一輝の父親なのか分からない。

「久しぶりだね、ずいぶん成長したな」

春也を見つめて綿貫が呟く。瞬きもせずに見つめられ、春也は眼力に負けて綿貫のネクタイの辺りに視線を落とした。綿貫は唇の端を吊《つ》り上げ、腕を組んだ。

「本当に——君を買ったのは大失敗だったよ」

ひやりとするような言葉を投げかけられ、春也は顔を強張らせた。

「一輝の相手として買ったのは確かだけどね、まさかただの一度もあの子が手放さないとは思わなかった。君を使いたい客はいくらでもいたのに、大誤算だ。しかもあんな山奥の学校に行って……せめて休暇の間くらい、君にも役立ってもらいたかったんだけどねぇ」

心臓が痛いほどに鳴っていた。使いたい、と言われそれが何か分からないほど、春也はもう子どもではなかった。綿貫の容赦ない言葉に、自分がどれほど一輝に救われていたか思い知った。

「一輝とは帰ってくるたび諍《いさか》いになったよ。たかが便器に情けでもかけたのか。綿貫家に生まれた以上、使用人は道具だと思ってもらわねば。上下関係こそが綿貫家を守る砦《とりで》だ。我々は君のような庶民とは違う。一輝はどうもその辺が分かっていないみたいで、困るな。一人息子だからと、自由を与えすぎたか。最近生意気になったのは、君の影響か？　前はもっと私の言うことを素直に聞いたもんだがね。これからは私の言うとおりに動いてもらわねば…」

綿貫の言葉は、平穏に暮らしていた春也の心を久しぶりに大きくえぐった。カーッと頭に血が上り、目の前の男を殴りつけたい衝動に駆られた。人を人とも思わぬ発言に腹が立って握った拳《こぶし》が震える。どうにかその衝動を抑えられたのは、この悪魔みたいな男と話すのも今日が最後だと思ったからだ。

それでも綿貫の一輝に対する辛辣《しんらつ》な発言は聞き捨てならなかった。たった一人の息子に対する言葉とは思えない。

「一輝を……愛してないんですか？　まるで道具みたいな言い方…です」

懸命に勇気を奮い立たせて、綿貫に問いかけた。いくぶん詰《なじ》るような目をしていたかもしれない。綿貫が失笑した。

「何を言ってるんだ、君は。――息子なんて道具だろうが」

みぞおちを貫かれたみたいな痛みが走った。綿貫は平然と告げて、目を細めた。

「綿貫グループは巨大な企業だ。それを円滑に進めるためには、誰もが道具にならなければならない。そう、私以外はね。私が大きくした企業を、このまま引き継いでもらうには、息子も大きな歯車の一つになってもらわないとならない。君みたいな庶民には理解できないだろうが、私には企業で働く何千、何万という社員を動かし続けなければならない責任があるのだよ。そのためには情など無用だ」

綿貫の言い分は春也には理解できないものだった。一輝が可哀想だ。こんな親の元に生まれ育って。この人はまるでロボットみたいで、まったく会話が嚙み合わない。

「もう……自由にしてくれる、約束です」

春也は声を振り絞って綿貫に告げた。声がかすれてしまったのが悔しい。

「私は約束は守るよ。君は自由だ。さっさと出て行きなさい」

うっすらと笑みを浮かべ、綿貫が背中を向けた。その背中に向かって罵倒《ばとう》してやろうかと思ったが、春也は大きく息を吐いて、書斎を出て行った。

ドアを閉めて綿貫の重圧から解き放たれると、自分でもよく分からない激しい感情が迫り上がってきた。何かが終わったという解放感なのか、綿貫に精神的に屈したままだった自分が情けなかったのか――春也の頭の中はぐちゃぐちゃでカオスのようだった。

一輝に会いたい――真っ先に思ったのはそれだった。

一輝はやはり綿貫から自分を守るために、闘ってくれたのだ。休暇で実家に戻るたび疲労していた一輝を思い返し、今さらながらありがたくて涙が出そうだった。最後の夏に頑《かたく》なに綿貫家に戻るのを拒否したのも、春也に毒手が及ばないようにとしてくれたのだ。

「春也さん……」

書斎の前の廊下でしばらく感情を落ち着かせていると、吉島が静かに近づいてきて春也を呼んだ。春也は泣きそうだった顔を慌てて元に戻し、吉島を見た。

「車で送ります。乗ってください」

吉島は悲しげな顔で春也を見つめ、囁いた。びっくりして春也が目を見開くと、吉島は促すように廊下を歩き出す。

「ま、待ってください、送るって…、でも俺一輝と…一輝に…」

綿貫から出て行けとは言われたが、まさか今すぐとは思わなかった。荷物の整理もしたいし、それに何よりも一輝と会って話がしたい。別れの挨拶《あいさつ》になるかもしれないが、このまますぐ車に乗れなんてあんまりだ。

「一輝様は、会わないとおっしゃっています」

吉島が立ち止まり、そっと後ろを振り返って告げた。嘘だ、と言いかけて春也は足を震わせた。一輝が春也に会いたくないなんて、言うはずがない。

「春也さん、さぁ歩いて。荷物はもう車に積んであります」

「でも俺一輝に……」

どうしても信じられなくて、頑なに歩き出すのを拒んだ。一輝に会いたい。会って、礼を言いたかった。この屋敷に足を踏み入れてから約六年。こんなにまともに過ごせるとは思ってもみなかった。最初は嫌なこともあったけれど、全部一輝のおかげで昇華されている。その一輝に最後に話もできないなんて、ひどすぎる。

「春也さん、あまり長くいては主人の不興を買います。どうか、車に」

吉島が見かねたように春也の傍へ足を進め、肩を抱いて無理に歩かせてくる。震える足を前に動かし、春也は今朝起きた時から一輝はそっけなかったと思い出した。一輝はもう朝になった時点で、春也と決別していたのだ。そんなことも知らずに、のんきに後で話そうと考えていた自分が愚かで呪い殺したいほどだった。

「春也さんの勤める会社の寮まで送ります。さぁ、乗って」

屋敷から連れ出され、停めてあった車の後部席のドアを開かれた。悄然《しょうぜん》と屋敷を振り返り、一輝の部屋のある窓を見つめた。窓は硬く閉められ、厚いカーテンが引かれている。これは現実なのだろうか。昨日まで片時も離れずに傍にいた相手が、今はもう遠い世界の人間になってしまった。

春也が後部席にのろのろと乗り込むと、吉島が運転席に回り、すぐに車は発進した。後部席にプレゼントされた箱のほかに自分の荷物らしい紙袋が一つだけ置いてあった。考えてみれば六年暮らしたといっても、すべての持ち物は綿貫のものなのだ。自分のものなどほとんどありはしない。

綿貫家の大きな門が自動的に開かれ、車がどんどん屋敷から遠ざかる。

どうしてだろう。この日を待ち望んでいたはずだったのに。やっと綿貫の家から解放されたのに。どうしてこんなに胸が痛いのか。張り裂けそうなほど、呼吸するのも苦しいほど、全身が痛くてたまらない。

「……六年前、春也さんが屋敷に来た時…」

しばらく沈黙していた吉島が独《ひと》り言のように話し始める。

「私はこの子は一体どれほどひどい目に遭うのだろうと内心同情していました」

ハッとして春也は顔を上げて吉島の後頭部を見つめた。吉島がこんなふうに自分の感情を語るなんて初めてだった。

「でも予想外に……あなたは最悪の状況には陥らなかった。あなたに会って、一輝様が変わったのを私は分かっていますよ。主人の下に育ち、人として歪みかけていた一輝様が、折れずに真っ直ぐ育ってくれた。あなたのおかげです。お礼を言わせてください、本当にありがとう」

吉島の言葉を耳にして、それまで必死に堰《せ》き止めていた感情があふれ出した。

顔をくしゃくしゃにして、声を張り上げて嗚咽《おえつ》した。咽がひりつき、大粒の涙が頬をいく筋も伝う。何も考えられなかった。ただ涙がとめどなく流れ、胸が痙攣《けいれん》したように震えた。

「俺…、…か、ずきの…っ、おかげで…っ」

しゃくり上げながら、必死になって一輝への想いを伝えてもらおうとした。一輝とこのまま別れるなんて嫌だった。好きなのに。こんなに大切な相手なのに、どうして会ってくれないのか分からなかった。自分は何か間違えたのだろうか？　たとえ卒業までだとしても、一輝はまた会ってくれると思っていたのに。

「もう綿貫家の人とは関わらないほうがいい」

悲しげな口調で吉島が呟いた。理屈では春也も分かっていた。本来なら別世界の人間だ。でも自分は一輝を知ってしまった。知らない頃には戻れない。あれほど一緒に過ごして、誰よりも一番近い存在だったのに。一輝は自分と会わなくて平気なのだろうか。

涙が止まらなかった。目がふやけるほどに泣き続け、絶望感を覚えていた。もう一度時間を逆戻ししたかった。一輝とずっと一緒にいられるような道を探すために。

けれど無情にも車は春也の就職先の社員寮に辿り着いてしまった。吉島は車を停め、後部席に移動すると春也を痛ましげに見つめ、優しく抱きしめてくれた。

「春也さん…、ご両親のことはどうなさいますか？」

吉島は泣きやむまで春也の肩を抱き、問いかけた。

吉島に言われるまで両親のことなどすっかり忘れていた。もう遠い世界の人だ。

「もし会いたいなら、連絡がつくよう手配しますが…」

少しだけ考えたが、春也は首を振った。自分を捨てた両親と会うことに対して、怖さがあった。今の自分には一輝しかなかったのに、その一輝にすら捨てられて、絶望の淵《ふち》にいる。これ以上自分を傷つける可能性があるものに関わりたくなかった。

「いいです…、会いたくない…」

涙に濡れた声で告げると、吉島が静かに頷いた。

「そうですね…。そのほうがいいかもしれません」

それから吉島はこれからの春也の身の振り方について、細々とした話をしてくれた。綿貫家に養子として迎え入れられた春也の戸籍が移り、今は吉島の息子となったことを。これからは吉島が保護者として何かあった場合力になると連絡先を告げてくれた。

「会社のほうには連絡してありますから、今日から社員寮に入れるはずです。後これは…」

吉島が卒業祝いだと言って手渡した箱を春也に再び手渡してくる。

「一輝様に卒業祝いは何が良いか聞いたら、これを春也に渡してくれと頼まれたものなんです。一着は一輝様から、もう一着は私からです」

吉島の説明はほとんど耳に入っていなかった。泣きすぎて頭が痛くて、うつむいた顔を上げられなかった。見かねた吉島が社員寮までつき添ってくれて、寮の事務員に話を通してくれた。吉島が心配げに去った後、春也は事務員に案内され、六畳一間の部屋に足を踏み入れた。鍵をもらい、ぼうっとした頭で説明を受け、ロボットみたいに「よろしくお願いします」と告げてドアを閉めた。

部屋に一人きりになると、急に不安になって、また涙がこぼれた。

泣きながら畳の上に置いた箱を開け、中から出てきた二着のスーツを見下ろす。スーツは仕立ての良い上等なものだった。会社勤めを始める前に安くてもいいからスーツを買わねばならないと考えていた。きっと一輝は春也の先のことを心配して吉島に頼んだのだろう。

一輝の心遣いが今はちっとも嬉しくなかった。それどころか腹立たしくて、捨ててしまいたいとすら思った。

こんなものいらないから、傍にいてほしい。

春也は膝を抱え、がらんとした室内を見渡した。何もない。自分には何も残っていない。

これほどの孤独を味わったのは久しぶりだった。綿貫家に買われた当初、同じように孤独を感じていた。あの頃と違うのは、今は一輝との濃密な時間を知ったことだ。この孤独は身を切られるようにつらかった。絶望感で目眩《めまい》がして、明日のことさえ分からなかった。誰も頼れない。本当に一人になってしまった。

春也は肩を震わせ、そのまま眠りにつくまで泣き続けた。

■4　二十四歳の梅雨《つゆ》

朝から雨が降りやまなかった。

梅雨の時期に入り、週の半分以上は雨が降っている。雨の日は視界が悪いし足元が汚れるので春也《はるや》は好きではない。そういう意味で駅から地下通路で繋《つな》がっている職場というのはありがたかった。

「おはよう、春也君」

社員用の出入り口からビルに入ると、濡《ぬ》れた足元をハンカチで拭《ふ》いていた酒井《さかい》みちると目が合った。みちるのストッキングは泥が跳ねて汚れていた。

「おはようございます。みちるさん」

備えつけの電子機械に社員章をかざし、出勤の記録をつける。このビルでは社員やアルバイトの出入りはすべてデータ化されている。濡れた傘を傘立てにしまい、みちると一緒に業務用のエレベーターに乗り込んだ。更衣室のある十階までノンストップで上る。

「聞いたよ、春也君。今フリーなんだってね」

みちるがニヤニヤしながら囁《ささや》いてきた。二年つき合っていた明菜《あきな》と別れたのはつい先週の話だ。あいかわらず情報が早くてうかつなことは言えなくなる。

「私も立候補しちゃおうかな？　なんてね、冗談冗談」

からかうように笑ってみちるが肩を叩《たた》いてくる。みちるはこの職場に来てから知り合った同じフロアに入っている本屋で働く女性だ。六つ年上だが気さくで、いつも明るく話しかけてくれる。この職場で初めて声をかけてきたのもみちるで、フロア内では男女問わず友人が多い。

「からかわないでくださいよ」

春也は苦笑してうなじを掻《か》いた。ちょうどエレベーターのドアが開いて、社員だけが使う倉庫と更衣室が兼用されているフロアに着く。みちるは春也に、しょっちゅう気があるような台詞《せりふ》を吐く。そのわりに長い間つき合っている恋人がいると聞くので、若い男をからかって楽しんでいるだけなのだろう。

「何にせよ、やっと切れてよかったよ。明菜、評判悪いからねー」

別れ際に含みを持たせた言葉を投げかけ、みちるが去って行く。春也は首をすくめて更衣室に向かった。

高校を卒業した後、就職した文具メーカーに勤め始めて六年になる。最初の四年間は本社でいくつかの課を異動したが、二年前から取引先の職場に出向を命じられた。大きな都市にある駅と繋がっているステーションビルの六階が今の春也の勤務先だ。売り場や在庫の発注や品出しなど多岐にわたって仕事を任され、最初はまごついたが今では仕事にも慣れてやり甲斐《がい》を感じている。

ステーションビルにはさまざまな店が入っていて、同じフロアには書籍とレコード店が入っている。同じフロアで働いている人間は顔を合わせることも多く、みちるのように知り合いになる者も多かった。

二年前につき合い出した中野《なかの》明菜はレコード店の店員で、仕事の後に待ち伏せされてどうしてもと言われてつき合い始めた。顔は可愛いが素行が悪く、遅刻や欠勤も多くて職場の同僚からもしょっちゅう小言を言われている。その明菜と別れたのは三度目の浮気が発覚した先週だった。これまでも二度浮気され、もうしないと言っていたのだが、やっぱりまた新しい男と浮気していた。新しい男はレコード店に入った新人で、明菜と本気でつき合いたいと春也に面と向かって言ってきた。「明菜と別れてください」と言われ、素直に「うん、分かった」と頷《うなず》いたら、今度は明菜が怒ってしばらく泣き喚《わめ》かれた。

同じフロアで働く人たちは皆春也に同情しているが、本当は違う。明菜が浮気しても特につらくも悲しくもなかった。そもそもつき合ってくれと言われたからつき合っていただけで、真に彼女を愛しているかといえば返答に窮する。誰に対してもそれなりの愛情はもてるが、大きく心を揺さぶられるようなことはなかった。

　そんなものは高校を卒業したと同時に失ってしまった。

　誰かを深く愛したり、その人のことをすべてに想ったり。そんな激しい愛情はもう二度と誰に対しても抱けないだろう。逆に言えばもうあんなふうに人を好きになりたくなかった。息をするのも苦しいほどの別れを体験した今では、面倒な恋愛ごとは避けたかった。明菜は一緒にいればそれなりに楽しいし、考えなしでよく発言する分、深い裏を探らなくていいからつき合うのは気楽だった。浮気くらい別にどうでもよかったし、今回も許すつもりだったのだが、相手の男が本気なら身を引きたい。そう思って別れたのに、明菜は案外春也に本気だったのか、あれから何度も夜になって「もう一度やり直したい」と電話してくるのが参ってしまう。もしかしたら明菜が浮気していたのは、春也の感情がそれほど自分にはないと分かっていたゆえに起こしていたものかもしれない。

　明菜とはもう続ける気はないが、新しい彼と幸せになってほしいと思っている。そう考える自分がひどく冷淡な人間であるのが感じられ、春也はため息を吐いた。

雨の日とあってか、ビル内はいつもより客が多かった。最近駅の中に店が増え、通勤客などは買い物を駅の周辺ですませてしまうことが多い。雨の日は濡れた傘から垂れた雫《しずく》が床を汚す。時々客のいない時間を見計らって床をモップで拭いていくが、きりがなくて嫌になる。

「あのね、このボールペンと同じのがほしいんだけどね」

白髪の腰の曲がった老人に聞かれ、渡されたボールペンを確認した。

「同じものならこちらにございますけど、替え芯《しん》でしたら、こちらを」

老人の持ってきたボールペンの替え芯を、棚から選び取り、手渡す。老人は小さな目を瞬かせ、はにかんで笑った。

「これどうやってつけたらいいのかな?」

「よろしかったらカウンターでお取り替えしますよ」

ちょうど人がいなかったのもあって、カウンターで会計をすませた後、説明しながらボールペンの芯を替えてあげた。

「何だ、そんなに簡単なの。安くすむし、いいね」

にこにこ笑って老人が帰っていく。金額的には替え芯のほうが安いが、長く同じ製品を使ってもらえるという意味では、本体を買うより替え芯を買ってくれる客のほうがいい。笑顔でありがとうございましたと見送った春也は、文具売り場の入り口付近に立った中年女性の姿にハッとした。

「ごめん、ちょっと抜ける」

品出しをしていたバイトの女性に声をかけ、春也は店を足早に出た。若者向けのビルには不似合いな地味な色合いの服を着た中年の女性が、愛想笑いを浮かべ春也が出てくるのを待ち構えていた。

「母さん、職場には来ないでほしいって言ったじゃないか」

小声で叱責《しっせき》するように言うと、母の顔が不満げに歪《ゆが》み、唇が捻《ね》じ曲がる。

「でもねぇ…アタシはねぇ…、あんたが電話に出てくれないから…」

ぶつぶつと小言を繰り返す母を、春也は無理に職場から引き離し、ため息を吐いた。

「一階のエレベーターのところで待ってて。お金、下ろしてくるから」

「あらそう?　悪いわね、いつも…」

お金という言葉を耳にして、母の顔ががらりと明るくなる。母は再び愛想笑いを浮かべ、それじゃと呟《つぶや》きエスカレーターを下っていく。

春也は軽くこめかみの辺りを掻き、同じ階に置かれているＡＴＭコーナーへ向かった。十万円ほど下ろし、封筒に入れるとそれを持って一階へ向かう。

こんなふうに母が金をせびりにくるようになったのは三年くらい前からだ。最初は久しぶりに現れた母に動揺し、自分を捨てた恨み言も吐いた。だが母は謝るどころか自分たちがいかに苦労したかをさんざん捲《まく》し立て、最後にはお金に困っているから用立ててくれと言い出した。

母のそんな姿を眺め、春也は言葉が通じないんだなと諦《あきら》めの境地に至った。春也を売った金で借金はなくなったものの、工場はやはり軌道に乗れず閉鎖されたようだ。父は今クリーニング屋で働いているが、金が足りなくなるとこうして母が春也の元に金を無心に来る。

自分の親を悪く言いたくはないが、それにしてもこれほど母が利己的な人とは思ってなかった。母に比べれば未だに顔を合わせづらくてやって来ない父のほうがいくらかマシな気がする。

春也は二年前から社員寮を出て一人暮らしをしているので、渡せる額もそれほど多くはない。自分の生活もあるし、それほど貯金があるわけでもない。だがこうして職場にまで来られては金を渡さないわけにもいかない。

無意識のうちにまたため息を吐いてしまい、ガリガリと頭を掻いた。手にした封筒がやけに軽い気がして、余計に憂鬱《ゆううつ》な気分になった。

母に金を渡した後、エスカレーターで職場に戻ろうとして春也はどきりとして足を止めた。ちょうど一階にあるカフェから、女性の二人連れが出てきて、春也を見て目を見開く。

「やだ、ハルちゃん。ハルちゃんでしょ?」

髪を内巻きにカールした綺麗《きれい》な女性が、春也を見てびっくりした声を上げる。彼女の顔を見て春也も驚いて息を呑《の》んだ。名前は忘れてしまったが、祐司《ゆうじ》の婚約者だった女の子だ。あの頃高校生でまだあどけない顔をしていたのに、今はすっかり大人の女性だ。友達と買い物に来ていたのか手にブランド物の紙袋をいくつも抱えている。

「えっと祐の…」

「恵子《けいこ》だよ、恵子。うっわー久しぶり！　やだ、今どこで何してるの？　祐ちゃん、時々どうしてるかなって心配してたんだよ。こんなとこで会うなんて、教えてあげないと！」

恵子が店の入り口の前でわぁわぁ騒ぎ始める。慌てて店から離れ、久しぶりだと微笑《ほほえ》み合った。恵子の友達は興味津々《しんしん》といった顔で春也を眺めていたが、トイレに行ってくると言って席を外してくれた。

「ハルちゃん、あいかわらず素敵ねー。やっぱりハルちゃんは今でも草食系男子だねっ」

「何それ？　恵子ちゃんこそ、すごく綺麗になったね、見違えた」

改めて恵子を見つめ、春也は笑って告げた。祐司の話をするということは、まだちゃんと祐司と婚約しているということだろう。いやもしかしてすでに結婚しているかもしれない。何しろ高校を卒業した後は、学校の友達とはほとんど連絡を取り合わなかった。携帯電話を買ったら連絡すると言っておいたのに、それきりにした。高校を卒業してしまえば、彼らはもう別世界の人間だと思っていたからだ。

「ハルちゃんは今何してるの？　もしかしてこのビルで働いてるの？」

恵子は意気込むように春也に聞いてくる。自分の職場が入っているフロアを教えようかと思ったが、ふと先ほど金の無心に来た母のことが頭を過《よ》ぎった。何年経とうが、春也と彼らには大きな隔たりがある。自分の力で金を稼げる今になっても、彼らとは住む世界が違う。

「ううん、そこのATM利用しただけ。この近くで働いてるけどね。それより、もしかして結婚したの？」

自分の職場をごまかし、恵子に別の話題を振った。恵子に職場の話をして、祐司に伝わるのが怖い。あの頃彼らを騙《だま》していたのはまぎれもない事実だ。

「えっと去年ね、祐ちゃんがしようよって言うから。でもひどいんだよ、祐ちゃん。あたしの愛蔵書半分に減らせって」

結婚指輪を見せて恵子が笑う。幸い恵子は春也の思いに気づくことなく、自分の話を始めてくれた。その笑顔に自然に悦《よろこ》びがあふれているのが分かり、春也も微笑んだ。あいかわらず変な趣味は持っているようだが、幸せそうで何よりだった。

「そういえば一輝《かずき》君が…」

ふいに思いがけない名前が出てきて、鼓動が大きく震えた。春也の身体が強張《こわば》ったのに気づき、恵子の顔から笑みが消えて、探るように見つめてきた。

「もうすぐ結婚するんだって…？　ハルちゃん知ってた…？」

小声で恵子に聞かれ、すうっと血の気が引いた。自分がショックを受けたことに動揺し、春也は息を止めて視線を泳がせた。六年経っても未だに傷は癒えず、一輝の名前を聞いただけで胸が昂《たかぶ》り、結婚の知らせに身体をえぐられたような気分になる。

一輝が結婚。

それくらい覚悟していたはずなのに、知りたくなかったと嫌悪感が湧《わ》き起こる。今日は最悪の日だ。母が金をせびりに来て、恵子が嫌な知らせを持ってくる。

「そうなんだ……。知らなかった。ずいぶん早いね……」

かすれた声でかろうじてそう告げると、春也は青ざめた顔を隠すように恵子に背中を向けた。

「ごめんね、俺…人を待たせているから戻らないと…。祐によろしく言っておいて。それじゃ」

無理に明るい声を出し、恵子の返事を待たずにエスカレーターに乗った。恵子から遠ざかると、ぎゅうっと胸の辺りを摑《つか》み、目を硬く閉じた。我ながら一輝の結婚の知らせにこれほど動揺するとは思わなかった。まだ一輝を忘れていない自分に反吐《へど》が出る。もう忘れなければいけないとずっと思っていたのに。

まだ二十四歳なのに結婚するということは、大学生の時からつき合っていた相手なのだろうか。どんな人なのだろう。きっと綺麗で、一輝に見合うだけの金持ちなのだろう。

(馬鹿じゃないのか、俺)

どうしても強張ってしまう頬《ほお》を平手で叩き、春也は仕事場に戻った。レジ・カウンターに列ができている。頭を空にして仕事のことだけを考えよう。春也はカウンター業務を手伝い、ひたすらそう念じ続けた。

その日残業を終えて帰宅する途中、電車の窓に雨粒が叩きつけられた。家に着くまでもてばいいと願ったが、どうやら雨のほうが一足先に辿《たど》り着いてしまったようだ。

ドアが開き、押し流されるようにホームに下りた春也は、そのまま改札口を通り過ぎた後、傘を買って帰るか悩んだ。駅から自宅のアパートまでは歩いて十分。雨は降り始めでまだそれほど強くはない。それでなくても出先でよく降られて、折り畳み傘が山のように押入れにストックされているのだ。どうせ風呂に入って寝るだけなのだから、このまま走って帰ろう。

決意を固め、春也は小雨が降る中、走って自宅まで向かった。春也が住んでいる町は快速も止まらないような小さな町なので、夜十時を過ぎると、めっきり人通りがなくなる。寂《さび》れた商店街を通り抜け、なるべく濡れないようにと軒下を利用したものの、アパートに着く頃にはスーツはしっとりと濡れていた。クリーニングに出さなければならない。

目の前にアパートが近づいたところで、ポケットを探り、鍵《かぎ》を取り出そうとした。

ふっと植え込みの辺りに人がいるのに気づき、春也はどきりとして身を震わせた。

アパートの前に背中を向けて立っている男がいた。二階の明かりが灯《とも》っていない部屋をじっと見上げ、雨に打たれて佇《たたず》んでいる。

顔も見ていないのに、すぐに一輝だ、と春也は気づいた。

六年経っても、背中を見ただけで分かるくらい、自分は一輝を覚えていた。

一瞬このままきびすを返し、駅に戻ろうかと思った。何故《なぜ》一輝が目の前にいるのか分からなかったし、今一番会いたくない男だったからだ。恵子から一輝が結婚する話を聞かされたのはわずか一週間前の話だ。まだ笑っておめでとうと言えるか自信がない。このまま逃げたほうがいい。そう思ったが、それを行動に移す前に、ハッとした様子で一輝が振り返った。

「春也……」

やっぱり一輝だ。雨に濡れて髪が頬に張りついている。六年経ってすっかり大人の男の顔になった。春也を見て懐かしいような切ないような不思議な感情を瞳に表した。仕立てのいいスーツが雨に濡れて光っている。春也は一輝が風邪を引かないか心配になった。

「一輝……。ひさし、ぶり…」

何と言っていいか分からず、春也はぎこちなく笑みを浮かべて震える足を前に踏み出した。

こんな場面は一輝と別れた後、何万回も頭に思い描いた。ある日一輝が現れて、やっぱり自分を忘れられないと強く抱く姿を。今まで一度も現実にならなかった夢だ。

「……」

一輝は黙って春也を見つめてきた。あいかわらず強く、射抜くような目で。一輝はあまり変わってない、とその時確信した。一輝が黙っていたので春也も黙って一輝を見返した。言いたいことなら山ほどあったのに、いざ本人を目の前にしたら何も言えなくなった。六年という月日がもうそれを言うには遅すぎると示していた。

今春也にできるのは、一輝とただの友達だったように振る舞うことだけだ。

「濡れちゃうね……、うち上がる？　すごく狭いけど…」

深呼吸をして、春也は愛想笑いを浮かべて濡れた髪を掻き上げた。一輝は断るかもしれないと思ったが、意外にも即座に頷いた。

「入れてくれ……」

低い声で告げられ、鼓動を速めながら春也はアパートの階段を上った。後ろから一輝がついてくる。鍵を差し込む時、少しだけ手が震えていた。自分の中の葛藤《かっとう》と闘っていた。こんなふうに静かに一輝を部屋に招き入れる自分が変でたまらない。もう一度会えたら、大声でなじって、捲し立てて、抱きつきたいと思っていたのに。

「今、タオル出すね」

部屋の明かりをつけて一輝を部屋に入れた。二間だけの狭い部屋だが、室内は綺麗にしていた。一輝にハンガーを手渡し、互いの濡れた上着を壁にかける。おろしたてのタオルを差し出すと、一輝は濡れた髪をぐしゃぐしゃとそれで拭いた。一輝はいつからあそこに立っていたの

だろうか。ズボンもしっとりとしている。

一輝がベッドを背もたれにして座ったので、春也は何となく落ち着かなくなってキッチンに立ちヤカンに火をつけた。熱いコーヒーでも淹《い》れようと思った。

「……俺の家、知ってたんだ…？」

ヤカンが沸騰する間、ぎくしゃくとした空気が流れた。一輝の傍《そば》に座る気になれなくて、春也は柱にもたれ、部屋の隅を見つめながら問いかけた。

「調べた……。悪い…」

ぼそりと一輝が呟き、何故謝るのかと逆に問い返したくなった。ふつうならば勝手に住所を調べられて気持ち悪く思うところなのだろうか。春也は逆に一輝がまだ自分を気にかけていてくれたようで嬉《うれ》しかった。

「コーヒーでいい？」

やっとお湯が沸き、インスタントだが二人分のコーヒーを淹れた。湯気の立ったマグカップを小さなテーブルの上に置き、春也は一輝の斜め向かいに腰を下ろした。なるべく平然とした顔ができるようにと願いながら、春也はコーヒーに口をつけた。

「一輝、結婚するんだって？　えっと、もうした、のかな……？　おめでとう」

一気にそこまで言ってから一輝に目を向けた。一輝は驚いたように目を見開き、春也を見返した。よかった、とりあえず声がかすれなかった。

「よく知ってるな……」

「恵子ちゃんって覚えてる？　祐の婚約者の子。この前偶然会って、聞いたんだ」

春也が無理に笑顔を作って話すと、一輝は面倒そうに顔を歪め、立てた膝《ひざ》に肘《ひじ》を乗せる。

「ふーん……」

つまらなさそうな声で呟き、一輝がそっぽを向く。これ以上話すことはないと言いたげな態度に苛立《いらだ》ちを覚え、春也はマグカップをテーブルに置いた。

「どんな人？　大学で知り合った人？　一輝が結婚するくらいだし、綺麗な人…？」

我ながら自虐的だと思いつつ、どうしても言葉が勝手に飛び出すのを止められなかった。聞いてどうする、疵《きず》を広げるだけだと思っているのに、どうせなら一輝の口から止《とど》めを刺してほしいと願っていた。

嫉妬《しっと》している——と今一輝に告げたら、どんな顔をするだろうか？

「よく知らねぇよ。三度会ったくらいだし…」

物憂げに一輝が答え、びっくりして春也は固まった。

まさかそんな答えが戻ってくるとは思わなかった。結婚するというのは人生の一大事だというのに、三度会っただけなんて信じられない。

「そういえば……この前久しぶりにクリス会長と会った。新婦の関係で結婚式に出るからって」

何かを思い出したように一輝が苦笑する。

「クリス会長ってお前のこと好きだったんだな。俺、鈍いからぜんぜん気づいてなかった。やけに俺にきついなとは思ってたけど…。ハルはどうしてるんだって、すげぇ怒られたよ」

懐かしい名前に春也は記憶を呼び覚まし、遠くに視線を向けた。クリスは自分たちがつき合っていると勘違いしていたから、結婚する一輝を見て春也の心配をしてくれたのだろう。優しい人だ。

「……明日結婚式なんだよな、めんどくせぇ…」

立てた膝に頭を乗せ、一輝がぽつりとこぼした。明日、結婚式。どうして一輝が今日突然来たのか分からなかったけれど、今の台詞で少しだけ理由が分かった。一輝は逃避するようにここに来たのかもしれない。

突然今まで聞こえなかった雨の音が耳に届いた。傍にいる一輝の存在がリアルに感じられ、それと同時に不愉快な思いも湧いてきた。一輝が好きな相手と結婚するわけではないと知り、喜んでしまった自分に嫌悪感が湧く。一輝は今も家に縛られているのか。

せっかく落ち着きかけた心が、一輝の顔を見ただけであっという間に乱れるのが嫌だった。自分たちはこんなふうにお茶を飲み合うような友達ではない。一体何をしているのだろうか。

「――一輝、何しに来たの……？」

気づいたら尖《とが》った声で一輝に問いかけていた。顔を上げた一輝と視線がぶつかり、胸に込み上げるものがあった。一輝は春也の視線から逃れるように床に目を落とし、大きく息を吐き出した。

「分からねぇ……。お前の顔がどうしても見たかったんだよ」

かすれた声で呟かれ、胸がぎゅうっと鷲掴《わしづか》みにされたように痛くなった。堪《こら》えてなければ涙がこぼれてしまったかもしれない。今でも一輝の言葉に一喜一憂させられる自分が滑稽《こっけい》だと思い、春也は唇を噛《か》んだ。

一輝がどんな言葉をくれたとしても、明日の結婚式が取りやめになるわけではない。これ以上一輝と一緒にいるのはよくない。自分にとっても一輝にとっても。そして未来の花嫁にとっても。

「一輝、もう帰ったほうがいいよ。傘、あるから」

しゃがれた声で言いきると、春也はまだ湿った一輝の上着をハンガーから外して押しつけた。戸惑ったように春也を見返す一輝の視線から顔を背け、硬く強張った顔で折り畳み傘を一つクローゼットから取り出した。

「これ、返さなくていいから。明日は忙しいんだし、もう帰りな。俺もいろいろ忙しいし」

捲し立てるように告げて、折り畳み傘を一輝の前に差し出した。一輝は顔を歪ませ、傘を持った春也の腕を摑んできた。

「春也、俺は……」

大きな手で手首を引っ張られ、よろけて一輝の肩に身体が触れた。一輝の顔が接近して、熱まで伝わってくる。燃えるような目で見つめられ、一輝が春也の首を引き寄せようとする。

「駄目、しないで」

キスされる、と分かり、瞬時に顔を背けた。一輝の腕が首と肩に回り、息がかかりそうな距離まで近づく。早鐘のように鳴り響く鼓動に怯《おび》え、春也は泣きそうな声で告げた。

「もう俺とは終わったんだろ……っ、それとも俺に愛人にでもなれって言うわけ!?」

ひどくささくれ立った声が室内に響き渡った。自分のこんなヒステリックな声、初めて聞いたと頭の隅で考え、懸命に一輝から顔を背けていた。

一輝は音が聞こえるほど歯軋《はぎし》りをし、春也の肩を掴んでいた手に力を込めた。一輝の発していた気が怒気を孕《はら》み、無理やり犯されるかもしれないと思った。だが一輝は震える吐息を吐いて春也の身体を掴んでいた手から力を抜くと、のっそりと立ち上がった。

「悪かった……」

吐き捨てるように告げて、一輝が濡れた上着を引っ掴む。そのまま傘も持たずに部屋を飛び出して行った。春也はドアが閉まる音が聞こえても、しばらく身じろぎもできずにその場に固まっていた。一輝の手が触れた肩の感触が、愛《いと》しくて悲しくて胸に迫るものがあった。愛人でもいいから抱いてもらえばよかっただろうかと考え、自嘲《じちょう》した。

これでよかったんだ。

ずるずると畳に寝転がり、必死になって自分にそう言い聞かせた。一輝とは生きる世界が違う。ましてや彼が結婚するとなれば、これ以上関わらないほうがいい。きっと一緒にいても疵が深くなるだけだ。

(何で会いに来た……?　一輝の馬鹿やろう…)

両手で顔を覆い隠し、春也は胸の中で罵倒《ばとう》した。テーブルの上に置かれたマグカップのコーヒーは、一口も飲まれることなく湯気を立てている。それが余計に寂しくて春也はうつぶせになって頭を掻き毟《むし》った。

六年ぶりに一輝に会ったのは、自分の中に大きな衝撃を与えた。

もう忘れたと思っていたのに、声を聞き、触れられただけで簡単にあの頃の自分に戻されてしまった。あの頃どれだけ一輝を好きだったか思い出し、泣きながら目覚める日もあった。追い返した後で、もう一度抱かれたかったと後悔する自分が、嫌で嫌でたまらない。他の人とつき合っても、一輝の時のようにセックスで満足を得られた経験がなかった。好きな相手と寝ているわけではないのだから当たり前だ。誰かを激しく愛したいと思うのに、どうしても心が動かない。未だに一輝を忘れられない。

鬱々《うつうつ》とした気分で日々を過ごし、それでも半年も経てば一人でいるつらさを忘れられるようになった。

もう一度一輝が訪れるまでは、このまま疵を癒して新しい恋ができると思っていた。

「か…一輝…？」

アパートのドアの前に立っていた一輝の姿を見つけ、呆然《ぼうぜん》として春也は目を見開いた。

正月三が日を過ぎ、残りの冬休みをどう過ごそうか考えながら部屋の掃除をしていた。

昼にチャイムが鳴ったので、てっきり宅配便だと思ってドアを開けたら、目の前に一輝が立っていたのだ。まさか会いに来ると思っていなかったので、突然の訪問に絶句した。

「中に入れてくれ」

一輝は日曜も仕事があったのかスーツ姿だった。言いづらそうにそっぽを向きながら告げている。呆れて春也は眉を寄せ、一輝を睨《にら》みつけた。

「入れるわけないだろ。もう二度と来るなって言われたいの？　一輝、まさか友達として俺とつき合う気？　今さら友達になんてなれるわけないだろ」

やっと疵が癒えかけた頃に、再び現れて心を掻き乱していく一輝に猛烈に腹が立った。どうしてこんな真似《まね》ができるのだろう。一輝の精神が理解できなかった。いっそ一輝が激怒するくらい罵倒してやろうかと思い口を開くと、ぱっと顔を上げて一輝が言った。

「離婚した」

短い言葉にぽかんとして春也は言葉を失った。

「やっぱ無理、つって離婚届渡した。離婚したから入れてくれ」

駄々っ子のように一輝に言われ、言おうと思った言葉がすべて頭から抜け落ちてしまった。まだ半年しか経っていないのに、もう離婚したというのか。あまりに馬鹿らしくて、却って怒りが霧散してしまい、春也はついドアから手を離した。すかさず一輝が入ってきて、勝手にドアを閉める。

入ってしまった以上、仕方ない。春也は混乱したまま一輝を部屋に上げ、一輝が手渡してきた箱を受け取った。

「何これ？」

「手土産《みやげ》。知り合いがやってる店の人気商品。……手ぶらじゃ来づらかったんだよ」

箱を開けると、エクレアが箱いっぱいに詰められていた。全部で十個以上ある。甘いものは嫌いではないが、一人でこんなに食べきれるわけがない。春也は仕方なく紅茶を淹れ、二人分の皿を出す。テーブルの上に二人分のエクレアを置いているうちに、妙におかしくなって苦笑いが込み上げてきた。ずっと複雑な心境を抱えていた相手と、エクレアに紅茶なんて馬鹿みたいだ。

「離婚なんて、相手の人は納得したわけ？　無茶苦茶だよ、式に出席した人もきっと呆れてる」

　エクレアは銀座《ぎんざ》で有名な店のものだった。甘さ控えめで美味《おい》しい。一口食べて一輝に話を向けると、バツが悪そうな顔で紅茶に口をつける。

「納得してるかどうかは知らねぇけど…、プライド高いから慰謝料すごい額つきつけられた」

「馬鹿だなぁ」

　思わずそんな言葉が口をついて出てしまった。一輝は一瞬だけムッとした顔を見せたが、春也と目が合うと照れたように目を逸《そ》らした。

「しょうがねぇだろ……。やっぱお前がいい、と思っちまったんだから…」

　低い声で囁《ささや》かれ、どきりとして春也は口の中に放り込んだエクレアを飲み込んだ。一輝と再び目が合い、動揺して顔を背けた。

「春也、俺……またお前としたい」

　熱っぽい声で告げられ、持っていたフォークを皿に落としてしまった。露骨な言われ方に、カーッと頭に血が上り、一輝を睨みつけた。

「今そんなこと言うくらいだったら、どうしてあの時…っ」

　つい尖った声が飛び出て、慌てて口をつぐんだ。こんなふうにまた繰り返すのは嫌だった。一輝は未だに身体のことだけだ。春也が望む言葉を言わない。

「もう六年も経ってるんだ……今さら俺と何をしたいって言うわけ？　一輝は勝手だよ、自分勝手だ。男とセックスがしたいなら、二丁目でも行って買ってくればいいじゃないか。したいからってだけで俺を使わないでくれ。俺はもう奴隷じゃない」

我ながら情けないと思いつつ、かすれた声で言い返した。身体だけではなく、一輝に心も求めてほしかった。好き、という簡単な単語すら未だに一輝は口にしない。好きだと言ってくれれば、すぐにでもその胸に飛び込むのに。

「俺はお前としたいんだよ、お前がいいんだ、お前じゃなきゃ嫌なんだ」

苛立ったように一輝が春也の腕を掴み、引き寄せる。強い力で抱き寄せられ、春也は無理やり一輝の腕の中に閉じ込められた。なつかしい甘い香りを嗅《か》ぎ、くらりと目眩《めまい》がする。

「ガキみたいなこと言って……、何で俺が一輝に従うと思っているんだ。俺につき合ってる子がいたら、とか考えないの？」

きつく一輝に抱きしめられ、今にも陥落してその背中に腕を回しそうだった。覚えのある厚い胸板に、鼓動が速まる。ずっと待ち望んだ抱擁なのに——頑《かたく》なに愛の言葉を使わない一輝に憤りを感じていた。一輝にとって今でも自分は対等な相手ではないのかもしれない。だから好きとすら言ってくれない。いっそ請い願ってみようか。好きだと言ってくれとプライドを捨てて言ってみようか。でもそれじゃ意味がない。一輝から告げてもらわなければ、本音かどうか分からない。

「つき合ってる奴……いるのか？」

かすかに怯えたような声を出して、一輝が鼻先で髪の匂いを嗅ぐ。わずかに耳朶《じだ》に一輝の鼻先が触れ、ぴくりと身がすくんだ。

「俺以外の男と……したか？」

独占欲を思わせる言葉を吐き出し、一輝が春也の髪に手を突っ込み、昔のように唇を寄せてくる。唇が触れ合う前に春也は手でガードし、抗《あらが》うように首を振った。

「だとしても、もう一輝には関係ないだろ……？　それとも、レイプでもする？　レイプは……したことなかったものね。し残した気がするなら、すれば？」

自虐的な笑みを浮かべ言い放つと、一輝の腕から力が抜けた。一輝は傷ついた顔で春也を見ている。傷ついているのはこっちだ、と怒鳴りたい衝動を抑え、春也は一輝を押しのけて離れようとした。だが一輝は春也の手を握ったまま、離さない。

「俺……お前の恋人になりたい」

告げられた言葉は意外すぎて、毒気を抜かれた。あまりに驚きすぎて一輝を穴が空きそうなほど見つめてしまったくらいだ。一輝はじっと春也の目を見つめ、請うように囁いてきた。

「俺、ずっとお前の恋人になりたいと思っていた。あの頃は無理だった。お前は契約があるから俺に抱かれていただけだから。何でこんな出会い方しちまったのかって、運命を悔やんでた。でも今は違う、お前は俺を拒否できる。本当は……もう二度と俺と関わらないほうが幸せだって分かってたけど、やっぱ駄目だ、顔を見たら我慢できなかった。お前が欲しい。お前とつき合いたい」

信じられないような熱い言葉をいくつも紡がれ、自然に頬が紅潮していた。一輝に見つめられ、鼓動が跳ね上がる。一輝に握られた手が熱くて、涙が出そうになった。

「……勝手だよ、一輝は…」

震える唇で呟いた。

未だに自分の心をこんなに掻き乱すのは一輝だけだ。この熱に溺《おぼ》れてはいけないと思うのに、拒否するのが困難だ。

「春也……、キスだけでもいい、頼むから…させて」

一輝の手がゆっくりと頬にかかり、吐息が近づいてくる。それを受け入れたら一体どうなってしまうのだろう。もう考えることができなくなっていた。

確かめるように一輝がそっと唇を触れ合わせてくる。春也が逃げずにいると、力を得たように今度は深く覆い被《かぶ》さってきた。

「ん……」

久しぶりに頭の芯がとろけるようなキスだった。一輝が食《は》むように唇を吸ってくる。あまりの心地よさにうっとりと目を閉じ、一輝の上着に手を這わせた。

「ん…、…っ、…っ」

一輝はともすれば先走ってしまいそうになる気持ちを鎮め、何度も深く春也に唇を押しつけてきた。唇を開けるのが怖くて春也が頑なに閉じていると、焦《じ》れたように春也の髪を撫《な》で、唇を舐《な》めてくる。

長いキスを繰り返した。一輝の吐息が熱を孕《はら》んで、シャツの上から身体に触れてこようとする。その時点で春也は我に返り、一輝の身体を押し返した。

「キス……だけって言った」

焦らすつもりはないが、もっと落ち着いて互いのことを考えたかった。このままずるずると欲望に流されるのが嫌だった。春也のそうした拒否に、一輝は苦しそうな顔をしたが、無言で頷いた。

「……今日は帰る。このままいると、襲っちまう」

呟くように告げて一輝が気を散らすように頭を掻いた。一輝があんな子どもじみたキスだけで勃起しているのに気づき、わけもなく狼狽《ろうばい》した。一輝にどう声をかけていいか分からない。また来てと言うのも変だし、もう来ないでとも、もはや言えない。

一輝との未来を思い描くと不安しか広がらないのに、自分の胸が昂揚しているのが不思議でならなかった。


その日以来、ちょくちょく一輝が家を訪れるようになった。たいていは日曜にやってくるが、会社帰りにふらりと来ることもあって、そんな時にはアパートの前に黒塗りの高級車が停まっていてびっくりする。

　手ぶらでは来づらいと本人が言っていたように、毎回何か手土産を持ってきた。高そうなワインだったり、果物だったり、牛肉だったりした。一人暮らしでは、もらっても困るような物が多く、仕方なく一輝と一緒に食べる羽目になる。一輝は帰る時に必ずキスをしてから出て行く。それ以上は我慢しているのか求めてこなかった。本気で春也がいいと言うまでしないつもりだ。してもいいと思う時もあるのだが、踏ん切りがつかなくて春也は何も言えずにいた。一輝のことは今でも好きだし、こんなふうに会いに来てくれて嬉しいとも思っている。一輝が自分を本気で好きなのも分かっていた。けれど、どういうわけか一輝は一度も好きだとは言ってくれない。言葉にこだわる自分が滑稽《こっけい》ですらあったけれど、そんな簡単な言葉がどうしてもほしかった。

　それ以外にも、やはり住む世界が違うというのが心に引っかかっていた。一輝は大学を卒業した後、父親の会社に就職した。綿貫《わたぬき》は祖父の代から百貨店経営をしていて、今は一輝の叔父が社長になり、綿貫は会長を務めている。土地を多く所有していて、不動産経営にも携わっているし、総資産はかなりのものだ。まだ入社したばかりで勉強中の一輝だが、一人息子だし、いずれは経営する側に回るだろう。そんな一輝と自分では世界が違うとしか思えない。今だってどうにか時間を作って会いに来ているが、そのうち忙しくなって関係が途切れるに決まっている。

考えれば考えるほどに一輝を受け入れるのが怖くなっていった。結局のところ、またあの時のように苦しい思いをするのが嫌なのだ。もう傷つきたくない。男同士だし、刹那《せつな》的な関係を作ってもしょうがないではないか。

そう思う一方で、一輝が来るのも、キスされるのも拒めずにいた。ずるいと分かっていても、一輝の顔を見ると、もう少しだけでいい、傍にいたいと願ってしまう。

「俺の作ったご飯なんて、別に美味しくないだろ？」

日曜の午後にふらりと現れた一輝のために夕食を振る舞いながら、春也は照れ隠しで仏頂面になった。素材の肉だけは一輝が持ってきたから上等だが、春也はそれほど料理が上手いわけではない。肉料理と簡単なサラダにスープ、それだけの食卓が恥ずかしくなってつっけんどんな言い方になってしまった。

最近一輝が来るかもしれないので、日曜に出かけられない。放っておいてもいいはずなのに、誘われても断ってしまう始末だ。

「俺のために作ってくれたのが嬉しい…」

一輝は食事の手を休めず、そう呟く。狭苦しい自分の部屋に一輝がいるのも変だが、こんなふうにまるで友達のように会って話しているのも不思議だった。三月に入り暖かい日が続き、今日の一輝はシャツにカーディガンという格好だ。

昔から一輝はべらべら喋《しゃべ》る男ではなかったから、一緒にいてもそれほど会話が続くわけではない。それもあって一輝がいる時はいつもＣＤを流していた。最近人気のあるバンドの新譜をかけていると、春也たちが高校生の頃ヒットした曲が流れてきた。カバー曲なのだろう。

「これ……懐かしいな」

春也の作った食事を全部平らげて、一輝が目を細める。談話室に行くと有線が流れていて、よくそこで聴いた。ふっと高校生の頃を思い出し、何となく沈黙が下りた。

「高校生の頃が…一番楽しかったな」

ぼんやりとした目で壁を見つめ、一輝が告げる。どきりとして春也が目を見開くと、一輝が視線を絡めてくる。

「好きな時に、お前とやれた」

いたずらっぽい顔で笑う一輝に、怒る真似《まね》でもしようかと思ったが、ノスタルジーに浸って上手く言葉が出てこなかった。すると一輝が笑いを引っ込め、じっと強い視線で見つめてくる。

空気が変わったのが肌で感じられた。

一輝が自分を抱きたい、と思っているのが痛いほどに伝わってくる。あの頃もこんな目で見てくる時は、決まって抱き寄せられて素肌を触れ合わせた。もう折れてもいいだろうか。一輝の熱っぽい眼差しを受けると、甘い蜜《みつ》に惹《ひ》かれるように抱きしめたくてたまらなくなる。

一輝と、今度は純粋な愛情でやり直せるのだろうか。

震える唇を開こうとした瞬間、部屋のチャイムが鳴り響いた。

ハッとして春也は一輝と合わせていた視線を解き、ぎくしゃくとした動きで立ち上がった。

チャイムの音がなければ、きっと自分は一輝の気持ちを受け入れていた。まだ迷う部分があって、春也は流されそうになった気分を振り切るように深呼吸した。

「はい、どなたで…」

ドアを開けた春也は、目の前に立っていた母の姿に動揺した。母は朱色の地味な薄いコートで身を覆い、春也が小さい頃から持っているバッグを手にしていた。いかにも金がないという格好をしているが、それは春也のところに来る時だけというくらい知っていた。

「悪いわね、ちょっと近くまで寄ったもんだから…。中に入っていい？　つもる話もあるし、いろいろ相談したいことも…」

愛想笑いを顔に貼《は》りつけ、母が中を窺《うかが》うようにしてくる。春也は慌てて母の身体を押し返し、焦って顔を顰《しか》めた。

「今は友達が来てるから、今度にしてくれないか」

「あら、そう。じゃあ申し訳ないけど、少しでいいから用立ててくれないかねぇ。ちょっと今苦しいのよ」

下卑《げび》た笑いを浮かべる母にため息を吐き、外で待っていてもらおうとした。だが、後ろを振り向いたとたん、一輝が春也を押しのけて前に出てくる。

「おい、ばばぁ!! てめぇ、どの面下げて春也に会いに来てんだ!?」

ドアの前に立っていた母に向かって一輝がいきなり怒鳴りつけた。あまりに驚いて春也が硬直すると、一輝は母の胸倉を摑んだ。一輝は母の姿を見て頭に血が上ったかのように険しい顔つきをしていた。

「ひっ、何だい、この男…っ」

「てめぇが春也を売った先の息子だよ、ふざけんな、あんなひどい真似をしておいて、まだ金をせびろうとしてんのかよ!? 春也の優しさにつけ込んでんじゃねぇよ!!」

恫喝《どうかつ》する一輝にぽかんとして、母を助けるのが遅れてしまった。今にも殴りかかりそうな一輝を慌てて押し止め、母を摑んでいた手を離させる。

「な…っ、何だい、このガキ…ッ、綿貫の息子…っ? 冗談じゃない、あんたに怒鳴られるいわれなんて、こっちにはないね!」

締めつけられて咽《のど》が苦しかったのか、母は一輝から飛び退ると、しきりに咽をさすりながら目をぎらつかせた。

「いい思いしといて、まだ春也にたかる気なんだねっ? 春也、まさかただでやらせてんじゃないだろうね、この子と寝たいなら、金をよこしな!」

「母さん!!」

一輝が激高して手を上げたのが視界に入り、春也は金切り声を上げた。春也の声に一輝は思い留まってくれたが、その顔は激しく歪み、興奮しているのが分かる。春也は青ざめた顔で母を厳しく見据え、唇を噛んだ。一輝が自分の母親の顔を知っていたのは意外だった。知らないでいてくれれば、そっと追い返すことができたものを。春也は実の母親を無性に恥ずかしいと思い、こんな姿を一輝に見られるのを厭《いと》った。

「母さん、今日はもう帰って。一輝と何しようと、俺の勝手だろ。口出しされたくない」

尖った声で吐き捨て、春也はコンクリートの床に視線を落とした。ぎすぎすとした空気の中、さすがに分が悪いと感じたのか、母はわざとらしくコートの汚れを叩いた。

「フン、今日は帰るよ…」

唇を歪ませ、母はじろりと一輝を睨みつけて立ち去った。一輝の目から母を離したくて、乱暴にドアを閉める。一輝は音が聞こえそうなほど唇を噛み、春也に背を向けて中に戻った。

「何で、あんなのに金を渡してるんだよ!? お前を売った奴だろ!?」

壁に拳《こぶし》が叩きつけられ、春也は反射的に顔を反らして一輝の怒りを受け流そうとした。言われなくても分かっていると言いたかったけれど、一輝の言葉は身にしみた。春也だってこれが他人なら同じことを言っただろう。

「……しょうがないよ、母親なんだから…」

怒るかもしれないと思いつつ、低い声で言い返した。案の定一輝は苛立ったように春也の腕を摑み、うつむいている春也の顔を上げさせた。

「母親だからって、何だよ？　産んだことがそんなに偉いのかよ!?」

一輝に怒鳴られて、さっと顔を強張らせた。一輝は春也の目を見て、なおも言い募ろうとしたが、ふと何かに気づいたように言葉を呑み込んだ。悔しげなその顔には、複雑な心が渦巻いている。

「わりぃ…、怒る権利なんか俺にはないのに…」

苦しげな顔で一輝が呟き、春也を掴んでいた手を離した。一輝は強張った顔のままバッグを拾い上げ、玄関に向かった。

「帰る……。騒いで悪かった」

ぼそりと告げて、一輝が靴に足を通す。引き止めたい、とその背中を見て痛烈に感じたが、引き止めてどうするのか心が定まらなかった。嫌な思いをさせて悪かったと思っているのに、それを言ってしまうと、過去の自分たちの行為がすべて汚されてしまうようで嫌だった。一輝は悪くなかった。あんなふうに母に責められる必要はない。

「一輝……」

小さな声で一輝を呼んだが、一輝は振り返りもせずに部屋を出て行ってしまった。ぽつりと一人取り残されて、今にも一輝が戻ってくるのではないかと思って玄関の傍から動けずにいた。

いつもしていくキスがなかった。

それが無性に寂しくて、気分を憂鬱にさせた。

　正月気分が抜けると、売り場の商品の入れ替えに忙しくなった。正月関連の商品を撤去し、バレンタイン・デーに贈る一品として万年筆や男性向けの手帳や革製品を並べる。この時期は包装も凝らなければならないので大変だ。

　デパートは不況のあおりを食らって売り上げが伸び悩んでいる。春也の勤める文具店も、例年に比べ高額商品の出足が悪い。

「どしたん、春也君。最近元気ないね」

　休憩時間に地下にあるコーヒーショップで昼飯を食べていると、偶然通りかかったみちるが声をかけてきた。春也の隣に腰を下ろしたみちるは、コーヒーカップを両手で包み、ニヤニヤと笑う。

「新しい彼女と上手くいってないの？」

　小声で聞かれて春也は苦笑して首を振った。

「どこ情報ですか。新しい彼女って」

「見れば分かるって。ここずっと何だか楽しそうだったじゃない。おまけに愛香《あいか》の告白も断るしさぁ。こりゃいるねって皆で噂してたよ。おかげで明菜機嫌悪かったじゃん。何だかんだまだ春也君に未練たらたらだよね。早く辞めりゃいいのに」

「みちるさん…」

春也はこういったあからさまな発言が好きではない。たしなめるように見つめると、みちるがおかしそうに笑い出した。

「ごめん、ごめん。春也君といるとつい本音が出ちゃう」

コーヒーに口をつけて、春也は他人に分かるほど自分は浮かれていたのだろうかと内心冷や汗を掻いた。一輝と会うようになって気分が昂揚していたのは確かだ。自分ではいつもと変わりないつもりでいても、女性の勘の鋭さは馬鹿にできない。

母と諍いを起こした日から、一輝は家に来なくなった。といってもまだ一週間しか経ってないから、気にしすぎなのかもしれない。あんなふうに嫌な思いをさせてしまって謝りたいと思っているのに、一輝となかなか連絡がつかないのは心を曇らせた。こんなことなら以前一輝が携帯番号を教えようとした時に聞いておけばよかった。あの時は何となく素直になれなくて、聞きたくなったら聞くから、とつっぱねてしまった。

(ほら、やっぱりこういうことになる……。もう心乱されたくないのに…)

みちると別れてコーヒーショップを出た後、やけに気が滅入ってなかなか浮上できなかった。みちるにも分かるくらい元気がない自分が嫌なのに、一輝が来なくなっただけで心にぽっかりと穴が空いたようだ。

その日は仕事モードに徹し、通常の業務をこなすと、春也は帰りがけに地下にある食品売り場に寄ってから帰宅した。春也の通常の休みは水曜日と日曜だ。明日の日曜にはもしかしたら一輝が来るかもしれない。そう考えて食材を買い込んだ。期待しすぎはよくないと自分を戒めながらアパートに戻ると、敷地の前に黒塗りの車が停まっていた。一輝が来たのかと思い足を速めた春也は、びっくりして立ちすくんだ。

「春也様ですね」

黒塗りの車から降りてきたのは、スーツを着た中年の男だった。真面目そうな顔つきで、礼儀正しく挨拶《あいさつ》をしてくる。

「旦那《だんな》様から連れてくるようにと仰せつかっております。どうぞ、車にお乗りください」

「一輝が?」

「いえ、一輝様のお父様です」

どきりとして春也は歩きかけた足を止めた。一輝の父親ということは綿貫か。今さら綿貫が何の用があるというのか。

「お断りします。会う必要はない」

一輝からの誘いならともかく、綿貫に呼び出される理由がなかった。無視してアパートに戻ろうとした春也の前に、男がすっと近づいてくる。

「来るのを拒んだ場合、春也様の職場のほうに圧力をかけると…」

潜めた声で囁かれ、春也は嫌悪を露《あらわ》にして男を睨みつけた。

「何を…。話があるなら自分で出向けばいいだろうが」

胃の辺りに嫌な感触が生まれてきて、春也は男から身を引いた。職場に圧力をかけるというのは本当だろうか。春也の勤めている文具メーカーは、綿貫の経営している百貨店グループと取り引きがあるのだろうか？

「帰りは私が責任を持ってお送りいたしますので、どうぞ車にお乗りください。一輝様のことで話があると申しております」

はねつけようかと思ったが、一輝に関する話と言われては無視もできなくなった。綿貫になど心底会いたくはないが、譲歩するしかない。

「……荷物を置いてくるまで、待ってください」

仕方なく春也はそう告げ、アパートの階段を上った。男の顔がホッと弛《ゆる》み、深くお辞儀をする。綿貫の話がろくなものではないことくらい、春也にも見当がついていた。呼び出されると知った今では、一輝と関係を持っていなくてよかったと変な安堵《あんど》をしていた。綿貫に何を言われても、友人づき合いしかしていないと言い返すことができる。その上で二十四歳にもなった成人男子に口出しするのは親馬鹿だと言ってやろう。部屋に荷物を置き、春也は闘志を燃やして外に出た。

一輝の携帯電話の番号を知っていれば、連絡できたのに。

かえすがえすも意地になった自分を恨めしく思い、春也は待たせてあった車に乗り込んだ。

六年ぶりに再び綿貫家の屋敷に向かう道すがら、男が綿貫家お抱えの運転手で、南原《なんばら》という名前だと知った。吉島《よしじま》が二年前に亡くなったのはよく知っていた。独《ひと》り身だった吉島の葬式代を出したのは春也だからだ。あの頃の使用人はほとんどいないと言われ、ますますあの屋敷に行くのが憂鬱になった。

一時間ほどして時々悪夢に出てくるあの高い門をくぐり、綿貫家の敷地に踏み込んだ。綿貫家はあいかわらず勢力を誇っているのか、庭園の美しさも維持している。大人になった今見てみると、主人は不愉快だが、その美的センスには敬意を払わねばならないと思えるほど調和された美があった。一般公開すれば観光客が来るレベルの庭園だ。冬咲きの薔薇《ばら》がぼうっと浮かび上がっている。

玄関ポーチで車が停まり、春也は乱暴にドアを開け、外に出た。

「一輝はもう帰ってるんですか?」

南原に尋ねると、多分まだですと返答される。最近残業続きで夜遅いらしい。

「どうぞ、こちらへ」

南原に案内され、屋敷の中に入った。南原の後ろについて歩きながら、どうしても緊張が高まっていくのを抑えられなかった。綿貫はしっかりと自分のトラウマになっている。自分がちゃんと言い返せるのかどうか不安になってきた。

一階の一番奥にある部屋の前まで来ると、南原が扉をノックし「春也様をお連れしました」と中に声をかけた。春也は聞こえなかったが、中から入れと声がかかったようで、南原が扉を開ける。

「どうぞ」

南原に促され、仕方なく春也は部屋の奥に進んだ。

シルバーレザーのカウチに綿貫が寝そべっていたのが目に入り、春也はぎょっとした。六年ぶりに目にした綿貫は、異常なほど痩《や》せこけていた。目だけがぎょろぎょろ光り、視線を合わせた者を嫌悪感で圧倒する。その腕には細い管が刺さり、横には点滴の器具が設置されていた。何か病気でもしているのだろうか。春也は意気込んでいた気分が一気に引いてしまい、この部屋から逃げ出したくなった。暗闇《くらやみ》でモンスターに出会った時、こんな気持ちになるに違いない。

「何年ぶりだったかな……。六年？　君のことはよく覚えているよ。大損したからね」

綿貫は身を起こすのもだるそうだった。土気色の顔を春也に向け、醜悪な笑いを浮かべた。ぽたぽたと薬パックの中から雫が落ちている。綿貫に会うまでは、いざとなったら殴り倒してでもと思っていたが、この姿を見たらとてもそんな真似はできない。悪口ですら言いづらい。

春也は居心地の悪さを覚え、そっぽを向いた。早く帰りたかったのでコートも脱がなかった。

「何の用ですか。早く帰りたいんですけど」

そっけない声で春也が告げると、綿貫が含み笑いをする。

「最近……一輝がお前のところに入り浸っているそうだな」

綿貫の言葉に、やはりそれか、と春也は眉を寄せた。どうせもう会うなと言うに決まっている。呼んだ覚えはない、勝手に来るだけだと怒鳴ってやろうか。

「どうやら一輝はお前をことのほか気に入ったらしい…。ご執心というのかな…くく」

小さく肩を揺すって綿貫が嫌な笑い方をした。先ほどからずっと綿貫は笑っていて、それがひどく癇《かん》に障る。

「――君、一輝の愛人になりなさい」

えっ、と声を上げて春也は目を見開いた。言われた言葉があまりに意外すぎて、一瞬頭の中が真っ白になった。

「わざわざ一輝が会いに行くなんて、する必要はない。この屋敷にまた住まわせてやるから、前のように一輝のために尽くしなさい。便器から人に格上げしたんだから、君も嬉しいだろう。今度は給金も出そうじゃないか。破格の待遇だよ」

何を言っているのか分からなくて春也はその場に立ち尽くした。愛人になれ、と綿貫が言っている。金を出すから、一輝のためにここに住み、セックスをさせろという。

すうっと血の気が引き、握った拳が震えた。綿貫はまったく変わっていない。綿貫の目には自分は人として映ってないのだ。どこにでも転がっている替えのきくような石ころでしかない。

「お断りします」

気づいたら尖った声で口走っていた。頭に血が上り、顔が強張って不快な気分が迫り上がってくる。やっぱり来るんじゃなかった、最悪な気分だ。その辺にある物を蹴《け》り倒さなかっただけマシだと思う。

「別に世話になる必要ありませんから。そんな話でしたら、失礼します」

思いきり睨みつけて告げると、少しだけ綿貫が唇の端を吊《つ》り上げた。

「断るというのかね……？　よく考えたほうがいいんじゃないか？」

「考えるまでもありません。あなたは人を馬鹿にしすぎている、何でもかんでも好きにできると思わないでいただきたい」

不機嫌な声で吐き捨て、もう帰ろうと思い綿貫に背中を向けた。もし南原が送るのを拒むなら、歩いてでも帰るつもりだった。

ふいに鈴の音が鳴り響いた。振り返るとカウチに座っていた綿貫が呼び鈴を鳴らした音だった。それと同時に奥の部屋から、大柄な男たちが出てきた。一人の黒人と、二人の白人だ。肌に食い込むような黒い下着一枚で現れ、近づいてくる。その異様な風体に危険を感じ、春也はドアに急ごうとした。だが素早く白人の男が春也の腕を捉《とら》え、部屋の中央に引きずり戻してくる。

「離せ…っ、何だ…っ、あんたたちは…っ」

三人の男に取り押さえられ、急に怖くなって腕を振り解こうとした。春也よりもよっぽど体格のいい男たちは、口々に聞いたこともない言葉で春也に話しかけてくる。わけが分からず呆《ぼう》然《ぜん》としていると、一人の青い目をした金髪の男が、持っていたビデオカメラを持ち上げた。

「な、に…、わ…っ」

着ていたコートを脱がされ、ぞくっと背筋に寒気が走る。男たちの手はあからさまな含みを持って春也に触れてくる。

「やめろ！　触るな！」

嫌悪を感じて暴れたが、相手の力はびくともしない。一体何をさせる気なのかと綿貫を振り返ると、ぎらついた目に情欲の光を浮かべ綿貫が笑った。

「最近はね、彼らのプレイを見るのが好きなんだ…」

だるそうに再びカウチに横たわり、綿貫が呟く。

「君が愛人を断ると言うのなら、彼らに犯されている姿をビデオに撮らせてもらうよ。さすがにそれを観たら一輝の考えも変わるんじゃないかな。その黒い彼は巨根だから、きっと君も満足する。ひいひい泣いて悦ぶまで犯してもらえばいい」

——真っ青に凍りついて春也は全身を震わせた。

綿貫のやろうとしている行為に、心底恐怖した。愛人になるのを断ったから、こんな鬼畜行為を命じるというのか。一輝に春也を諦めさせるために？　たかがそれだけのために、こんな狂った真似をするのか。春也の想像を超えたやり方に、頭の中が真っ白になった。目の前にいるのは人間ではなく、絶望という名の悪魔に見えた。

「ひ…っ」

呆然としている身体を床に引き摺り倒され、ズボンのベルトに手をかけられた。

「やめろ、やめ…っ、こんなの正気じゃない…っ、触るな!!　本気でやるならレイプされたって訴える…っ」

声を嗄《か》らして叫んでみたが、綿貫は面白そうに眺めているだけだった。

「好きなだけ訴えてみればいい、君のビデオを司法の人間と一緒に観よう。そういうプレイは嫌いじゃないよ…」

咽の奥で笑い声を立てる綿貫に、胃が引き攣《つ》れるように痛くなった。抗っても三人がかりで衣服を剝《は》ぎ取られ、両腕を後ろに回される。シャツのボタンが引きちぎられ、ばたつく足からも下着を下ろされる。素肌に無骨な手が這い回り、春也は怖くなってガタガタと震えた。

黒人の男がニヤリと笑って下着から大きな性器を出す。何か喋っているが、聞き取れない。それよりも信じられないほど大きな性器を見せられ、恐怖で咽がカラカラに渇いた。こんなモノを突っ込まれたら死んでしまう。それでなくても一輝との関係が終わってから、一度も後ろを使ったことなどない。

「やめて…、やだ…嫌だ…」

黒人の男が春也の前で大きなペニスを扱き始める。もう一人の白人の男がビデオをセットしたと告げ、カメラを春也に向けてきた。

本気でやるつもりなんだ。

それが頭に呑み込めると、一気に血の気が引き、もう怖いという以外、何も考えられなくなった。三人の男に犯されるという想像は、春也の思考を止めた。絶対に屈しないと思っていた心がいとも簡単に崩れていく。綿貫に売られたといっても、春也は一輝以外の男から無理やり犯された経験などない。一輝にだって、無理やりやられたことすらないのだ。そんな行為に自分が耐えられるのだろうか。——耐えられるはずがない。

「な、なる、から…っ」

両足を強引に広げられ、ほぐすこともなく勃起したペニスを押し当てられた時、春也は叫ぶように告げた。

「一輝の、愛人になる…っ、から…、だからやめさせて…っ」

四肢を強張らせて大きく叫ぶと、綿貫がかすかに身体を動かした。黒人の男は日本語が分からないようで、先端を強引に春也の尻の穴に埋め込もうとしてくる。

「お、ねがい…っ、嫌だ…っ、助けて…っ」

恥も外聞もかなぐり捨てて春也は悲痛な叫びを上げた。覚えのある痛みがあらぬ場所に走った。濡れてないそこは許容外の大きさのモノを押し出すようにしている。

綿貫が春也には分からない言葉で黒人に何か告げた。それを聞いた黒人は残念そうな顔で首を振り、腰を引く。

「愛人になるんだね……？　もう一度ちゃんと言ってみなさい」

嫌味なほど優しい声音で綿貫が問う。春也はまだ男たちに押さえつけられた格好のまま、ブルブルと震えていた。今助かるなら、何でもする気持ちになっていた。こんな男たちに犯されるくらいなら、一輝の愛人のほうが百倍マシだった。

「な……ります、一輝の……愛人に…」

もう一度答えた時、自分でも理由は分からないが涙が伝った。

「そう、せっかく久しぶりに面白いものが見られると思ったのに……。まぁいい、それなら君には今から一輝の肉奴隷として、ここにいてもらおうか。安心しなさい、君が住んでいたところや会社には私が手配しておこう」

楽しそうに告げて綿貫が指をくいと曲げる。男たちに引きずられ、春也は綿貫の前に差し出された。泣いている顔を見られたくなくてうつむいていると、綿貫の靴が春也の顎《あご》を上げさせた。

「一輝も喜ぶよ、きっと」

満足そうに言う綿貫に、春也はうなだれて涙を落とした。

ひんやりとした冷たい床に足をつけるのが嫌で、ベッドの上に膝を抱えて座っていた。堂々巡りの思考に疲れた頃、ドアが開く音がして、室内に明かりが差し込む。暗闇に怯えていた春也は漏れた明かりに救いを求めるように目を向けた。

ドアを開けたのは待ちわびていた一輝だった。まだネクタイも弛めず、スーツ姿のままでドアを開け、そこにいた春也の姿に呆然とする。

「春也……!?」

愕然《がくぜん》とした声を上げて一輝が叫び、駆け寄ってきた。一輝の顔を見て安堵のあまり涙腺が弛んでしまった。自分も駆け寄って抱きつきたかったが、それを阻む鋼鉄の鎖があった。

「何だこれ…!?　一体何を…?」

ベッドまで駆け寄った一輝に抱きついて、震える身体を擦りつけた。一輝が驚いたのも無理はない。春也は全裸の上に首に鎖をかけられて、壁と繫がっていたのだから。地下にあったこの部屋は、おそらく綿貫が使っていたものなのだろう。サディスティックな趣味を思わせる器具が並ぶ、床が大理石の部屋だった。壁に打ちつけられた鎖は、春也がどれほどがんばっても

びくともしなかった。

愛人になるのを承諾した後、男たちにこの部屋に運ばれ、鎖で繋がれた。暗い部屋で一人でいる間、絶望感に襲われ、何度叫び声を上げたか分からない。綿貫は一輝がいない間はここで飼われていればいいと造作も無く告げた。ここにいて、ただ奉仕すればいい、と。

「一輝……、一輝……」

顔を歪める一輝に、綿貫に言われた事実を告げると、無言で抱きしめられた。一輝は苦しげな表情で春也を抱きしめ、冷えた春也の身体を温めてくれる。

「ごめん……、俺のせいでごめん……」

一輝は何度も春也の耳元で謝って、髪を掻き毟る。

「親父に言ってくる……。お前を帰してもらうように……」

しばらくして春也の身体を離すと、一輝が疲れた様子で言った。そのまま部屋を出て行こうとするので、春也はその腕を摑んだ。悄然《しょうぜん》とした顔の一輝が振り返り、春也は何もかもに諦めがついて首を振った。

「いいよ……もう。結局さ……綿貫に売られた時点で……俺の人生決まったようなもんなんだよ…」

自嘲気味に呟くと、一輝の顔が強張った。だが一人になって鎖に繋がれていた間、何をしても無駄だという気持ちになっていた。金で買われたような男が、ふつうの人生を送ろうと思ったこと自体がおこがましかったのだ。

「俺なんかがさ……、太刀打ちできるわけないんだよ……。どんなに綺麗な服着たって、どんな美味しいもの食べたって、全部汚れてるんだよね…。だったら……この格好、お似合いなんじゃないか」

自虐的な台詞を吐いているうちに無性に笑い出したくなってきた。自分という人間が馬鹿馬鹿しすぎて、笑えてくる。一輝の前で犬のような格好をしている自分。思い上がっていた。こんなことならキスだけじゃなく、一輝に何でもやらせてあげればよかった。もったいぶって何様のつもりだったのだろう。

「もういいよ……、これでいい……。でもその代わり…」

笑おうとしたのに、ふいに涙がこぼれてきた。

「一輝だけにして……。お願いだから……。他の人は嫌だ…、ペットでいいから俺を男娼《だんしょう》みたいに扱わないで…」

胸がしめつけられるように痛くて涙が次から次へとあふれてきた。何故泣いているのか自分でもよく分からなかった。窓もない真っ暗な部屋に閉じ込められて、頭がおかしくなったのかもしれない。

一輝を好きだった。一輝とずっといたいと思っていた。それが叶《かな》うというのに、どうして自分は泣いているのだろう。

求めていたものは、こんな形ではなかった。それ自体が間違いだったのかもしれない。売られた自分が分不相応な望みを抱いたから、罰が当たったのだ。汚れた自分が綺麗な世界を夢見たから。

「春也…っ、もういい、何も言うな」

再び春也の身体を抱きしめ、一輝が濡れた春也の顔を胸に押しつける。一輝は何度も春也の頭を撫で、かすれた声を上げた。

「お前のことは絶対に俺が何とかするから。もう二度と親父とは関わらないようにする…っ」

決意を込めた口調で告げ、一輝が震える吐息を吐いた。

「やっぱり……お前に会いに行かなけりゃよかったな…。俺のせいで、ごめん……。何でこんな目に遭わせちまったんだろう……、もう二度と傷つけないから」

泣いている春也の顔を見つめ、一輝が打ちのめされたように呟いた。一輝も泣きそうな顔をしていた。

キスをするのかと思った。一輝の目が請うように見つめていたから。

けれど一輝は、それができる状況にあったにも拘《かかわ》らず、春也の肩を押して、足早に部屋から立ち去った。何故今触れていかなかったのか。そればかり考えていた春也の前に、三十分後、一輝が再び現れた。

「一輝……？」

一輝は春也が着ていた衣服をベッドに置くと、持っていた鍵で春也の鎖を解いた。首の圧迫感がなくなり、春也は信じられない思いで一輝を見た。一輝は春也の身体から目を背けるようにして、「服を着て」と短く告げた。一輝のまとっている空気が重苦しかったので、春也は黙って服を着た。

春也が服を着ると、一輝がそっと手を引いて部屋から連れ出してくれた。狭い階段を上り、一階の玄関に向かって歩く。外に出ようとした一輝に驚いて足を止めると、振り返って「大丈夫だから」と呟かれた。

すでに外は真っ暗で、風の音しか聞こえないほど静かだった。来た時と同じ場所に黒塗りの車が停まっていて、南原が立っている。南原は春也を見てホッとした顔で車のドアを開けた。

「一輝……」

車に乗れ、と肩を押されて、春也は戸惑って一輝を見上げた。一輝は切なげに一度瞬きをして、安心させるように笑った。

「もう親父にはお前と関わらないようにさせるから。帰っていいよ、本当にごめん。嫌な思いさせたな、許してくれ」

一輝の吐く息が白くて、春也は言葉を失った。もっと話したかったが、押し込めるように一輝に車に入れられ、ドアを閉められてしまった。

「一輝……」

窓越しに一輝の名前を呼ぶと、一輝は運転席に座った南原に合図して車から離れた。静かに走り出した車の中、春也は遠ざかっていく一輝を見ようと振り返った。

一輝はずっとその場に立ち続けていた。遠ざかる車を見送るかのように、いつまで経ってもそこにいた。自由にされた喜びはあまり湧いてこなかった。自分がこうして解放されたのは、一輝が綿貫と話し合った結果だ。その話し合いがまともなものであるはずがなく、胸に戸惑いだけが広がった。一輝は何と言って春也を帰してもらうようにしたのか。

(一輝があんなに謝ったのなんて初めてだ)

屋敷が遠く離れるにつれて、最後に見せた一輝の切なげな顔が頭を過ぎって、春也は不安でたまらなくなった。

一輝が一体綿貫に何を言ったのか分からないが、あの日から一ヶ月経っても春也の身辺に異常はなかった。

一週間くらいはもしかしたらどこからか圧力がかかって仕事をクビになるのではないかと心配したが、どこからもそんな声はかからなかった。日が経つにつれ安堵する一方で、まるっきり音沙汰《おとさた》がなくなった一輝が気がかりになった。一ヵ月経っても、一輝は春也の元を訪れる気配も、電話をかけてくる様子もない。

一ヵ月が二ヵ月になり、さらに日が過ぎるにつれ、春也も見ないようにと自分をごまかしてきた事実を受け入れざるを得なくなった。

一輝が来ないのは、きっとあの日綿貫と約束したからだ。それ以外ありえない。犯されるのも拒み、愛人になるのも受け入れられなかった春也を素直に帰してくれたのは、一輝が綿貫にもう春也とは関わらないと約束したからだろう。そうでなければ何もせず帰すわけがない。

心の隅では分かっていたことだが、どうしても認めたくなかった。一輝が自分と会わなくていいと言ったなんて。たとえそれが春也のためで、仕方なくとしても、苦しくて受け入れたくなかった。だからと言って今さらあの暗い部屋で犬のように一輝を待つだけの人生も送れない。春也自身、どうしていいか分からず苦しい日々を過ごした。何とか綿貫に隠れて会う方法がないか考えたり、高校の時の友人を頼って一輝と連絡がとれないだろうかと考えたりした。だがどれもできなかった。高校の時の友人との連絡を、最初に絶ったのは春也だ。今頃悔やんでも、連絡先が分かる相手すらいない。一輝の携帯電話の番号を拒んだのも春也だ。どれほど後悔しても、すべて自業自得だった。

悶々《もんもん》とした日々を送り、もうこのまま一輝とは一生会えないのかと枕《まくら》を濡らした。いっそ屋敷に押しかけたいとも考えたが、それはあの部屋に鎖で繋がれることになる。どうしていいか分からず鬱屈した日を過ごしたある日、春也は新聞を開いて声を上げてしまった。

経済新聞に綿貫の訃報記事が載っていた。記事には綿貫が長い間胃ガンを患っていたと書いてある。どうりであの時もげっそり痩せていたはずだ。

突然の訃報に驚きはしたものの、悲しい気持ちは微塵《みじん》も湧いてこなかった。死者に鞭打《むちう》つ気はないが、これで自分に絡みついていた見えない戒めが解かれると思った。綿貫はもういないのだ。これで一輝とも前のように会うことができる。

(会いに来て……くれるよな)

訃報記事に目を落とし、ひたすら春也はそう願った。

■5　二十五歳の冬

一輝《かずき》は春也《はるや》の家を訪れることはなかった。

四十九日が過ぎても、何の音沙汰《おとさた》もなく、まるですっかり春也のことなど忘れてしまったかのようだった。次の日曜は来てくれる、その次の日曜は来てくれる、そんなふうに待ち続けている間に、日々は過ぎ去った。どうして一輝は会いに来てくれないのだろうか。もしかしたら一輝は会わない間に新しい恋人でも作ったのかもしれない。キスしかさせない春也よりも気楽な相手を見つけたかも。あるいは仕事が忙しくて、休みもないのだろうか。

さまざまな考えが頭を巡《めぐ》り、考えすぎて疲れてしまった。

気づけばあの日綿貫《わたぬき》の屋敷で鎖に繋《つな》がれた日から、一年が過ぎていた。

綿貫が亡くなり、すぐには春也も行動に移す気になれなかった。綿貫の死を喜んでいるように見えて嫌だったからだ。たとえ綿貫がひどい人間だったとしても、自分も同じところに堕《お》ちたくはなかった。けれども一年が過ぎ、もういいのではないかと心が固まった。もっとはっきり言えばこの止まった心を動かしたかった。一輝に会って、もう用がないと言われれば帰ってくればいい。駄目でもともと、はっきり終わることができたら新しい恋もできる、と決意して、綿貫家を訪れることに決めた。

綿貫家に再び行くのは、やはり気が進まなかった。

たとえあそこに綿貫がいないと分かっていても、すでに屋敷自体がトラウマと化していて、行こうと考えるだけで気が滅入る。

それでも一輝と会うには他に方法がなかった。

どうしても忘れられない。一輝に会いたい。

春也はタクシーの運転手に道を指示しながら、綿貫家に向かった。

門のところで名前を名乗ると、しばらく返答が戻ってこなかった。ゆうに五分ほどして、返答の代わりに門が開いた。会わずに帰るつもりはなかったから、門の前でタクシーは帰らせてしまった。春也は初めて門から屋敷までを徒歩で進んだ。昨日雪が降り積もったせいで、綿貫家の庭園は雪化粧をしていた。時おり日差しに当てられて、ばさりと音を立てて樹木からまとまった雪が地面に落ちる。雪で覆われた木々の中に赤い椿《つばき》が目に入った。その昔吉島《よしじま》がそっと椿の一輪挿しを部屋に届けてくれたのを思い出す。

五分ほど歩いていた頃、屋敷から誰かが出てくるのが見えた。白いシャツに黒いカーディガンを羽織った姿で、真っ直ぐに春也に向かって歩いてくる。一輝だと思い、走り出そうかと思ったが、一輝が歩調を変えなかったので春也もそうした。

互いの顔が見える辺りまで近づくと、一輝がじっと自分を痛いほどに見つめているのが分かった。元気そうだと安心して、胸が詰まった。手を伸ばせば触れそうな距離まで来て、お互いに足を止めた。一輝が黙っていたので、春也も黙って見つめていた。

「会いに来てくれて……嬉《うれ》しい」

しばらく見つめ合った後、一輝が呟《つぶや》いた。その言葉を聞いて、一輝はまだ自分を好いていてくれていると感じた。春也は思いきって一輝の手を握った。一輝は指が触れて、少しだけ戸惑ったように身を引いた。

「一輝が来てくれないから……俺が来た」

春也が告げると、一輝がすまなそうな顔をして視線を落とす。

「一輝……、俺ずっと不思議だった。どうして一輝がこの家を出なかったのか…、父親を好いているように見えなかったのに、何で反発もせずに家にいたのか…」

ぎゅっと一輝の手を握り、春也は自分の考えを話した。

「お父さんが……病気だったから、なんだろ？　だから見捨てられなかったんだろ…？」

一輝が綿貫に従っていた理由は他に考えられなかった。一輝は自立心が高くて、一人でもやっていける自負を持っていた。けれど未だにこの屋敷に留《とど》まり続けている。そこには理由があるはずだ。

「……親父《おやじ》を殺したのは、俺かもしれない」

真っ白な空を見上げ、一輝が呟いた。

「親父のストレスを作ってたのは、間違いなく俺だったからな。倒れた日も、言い合いしてた。親父、頭に血が上って何か言いかけたまま、ぶっ倒れちまった。宣告された余命よりも長く生きてたけど、……何だか後ろめたくてお前に会いに行けなかった」

淡々と告げる一輝の顔を見つめ、春也は無性に悲しくなった。一輝も同じように綿貫の死に戸惑っている。さまざまなことがあったとしても、綿貫は一輝の実の父親だ。春也がどうしても母や父を切り捨てられないように、一輝も優しさゆえに思いきれずにいる。

「一輝……俺のこと、好き?」

春也は震える声で尋ねた。

一輝がハッとしたように春也を振り返る。

「あの時…海で聞いた時は答えてくれなかった……。お願い、答えて。一輝が好きだって言ってくれたら、俺は一輝がいらないって言うまで傍《そば》にいる。言ってほしいんだ……お願い」

ずっと一輝から言うまで待っていようと思っていた言葉を、どうしても今伝えてほしくて懇願した。頬《ほお》が紅潮して、手が汗ばんだ。たかだかこんな言葉一つ求めるのに、鼓動が速まった。もう一度二人でやり直すために、一輝の口から聞きたかった。

一輝は驚愕《きょうがく》したように春也を見つめていた。

その口が開いては閉じ、閉じては開く。一輝は何故《なぜ》か苦しげに眉を寄せ、春也の望む言葉をすぐには口に出さなかった。

「……お前が、前…」

苦しげな声で一輝が呟く。

「言ってたろ……汚れてるって。俺も、思ってた……。俺もずっと自分が汚れてるって思ってた…。どれだけ金があっても、親父の血を引いた俺は薄汚いって思ってた…。俺は結局金で買ったお前を好き勝手に犯してた……親父と同じだ」

一輝の発した言葉は春也にとって驚愕だった。まさか一輝も自分と同じように汚れていると思っていたのか。

「好き、なんて言葉……薄汚い俺には、綺麗《きれい》すぎて使えない…」

うつむいて吐かれた台詞《せりふ》は、春也に衝撃を与えた。まさか一輝がその言葉を意図して使わなかったとは思いもしなかった。一輝は自分が汚れていると思っていたから、あえて言わなかったのか。信じられなくて胸が詰まって、少しの間何も言えなかった。一輝が抱いていた思いを、春也はずっと知らずにいた。あれだけ一緒に過ごしている間も、一輝が抱えていた暗い闇《やみ》に気づかずにいた。

「……一輝、もう解放されてもいいよ。俺たち」

目の前にいる男が死ぬほど愛《いと》しくなって、春也は微笑《ほほえ》みかけた。一輝はまだ強張《こわば》った表情を変えない。

「もう、いいよ。だってもう俺たちを縛る鎖なんてないんだよ。俺は自分の意思でここに来たし、一輝だって……もう命令する人はいないんだ。もう自由になってもいいだろ。俺、もう自分が汚れてるなんて思うのやめにする。だから一輝もやめて。俺は今、一番好きな人の前にいる。もしも魂が目に見えるなら、俺たち絶対汚れてないよ。一輝だってそうだよ、俺のこと……ずっと守ってくれたよね？」

一緒に過ごした六年間を思い出し、自然と笑顔がこぼれた。一輝といたおかげで、最悪の状況を免れた。どうしてそんなに自分を責めるのだろう。

「俺、ずっと一輝が好きだったよ。だから抱かれても嬉《うれ》しかった。それに……言えずにいたよね、俺一輝にありがとうって言いたかったんだよ。一輝の馬鹿、最後に挨拶《あいさつ》もさせずに別れるなんてひどすぎるよ。俺……本当は契約が切れても、一輝と会いたかった」

「春也……」

一輝が感極まったように春也を抱き寄せた。なつかしいその胸に抱かれ、春也はきつく抱きしめ返した。笑おうと思ったのに、鼻がつんとして唇が震えてくる。

「だから……お願いだから、汚れてるなんて思わないで…。好きって…言ってほしい」

一輝の胸に頬を押しつけ、かすれた声で訴えた。一輝は黙ってあの頃のように春也の髪に手を突っ込み、耳朶《じだ》に唇を近づける。

ひんやりとした空気の中、一輝の吐息がふわりと首筋に当たった。

「――愛してる…」

囁《ささや》かれた言葉は予想を超えて胸を射抜いた。抑えていた涙があふれ、無言で一輝の腰に回した腕に力を込めた。

「愛してるよ、お前だけ……お前だけだ。好きになってごめん、大好きだ、お前以外、やっぱ無理だった……めちゃくちゃ好き、頭おかしくなるくらい……好きなんだよ」

胸を突き刺すような甘い言葉に、ぼろぼろと涙がこぼれ、自分も同じ言葉を返したいのに言葉にならなかった。一輝が抱きしめていた身体を離し、春也の頬に流れる涙を舌で舐《な》める。春也がしゃくりあげると髪を撫《な》で、隙間《すきま》もないほどまた抱きしめてくれる。

寒空の下、一輝と自分の傍だけは暖かかった。ようやく涙が止まり、顔をくしゃくしゃにしてキスをする。やっとここに辿《たど》り着けた。そんな思いで、春也は一輝とキスをくり返した。


一輝の部屋に入るのは、多分中学を卒業して以来だった。

なつかしさを覚える寝室は、家具も壁紙も新調され知らない部屋のようだった。じっくり見る暇もなく一輝と深いキスになり、ベッドに押し倒された。

「ん…」

髪をまさぐられながら舌を絡め合う。貪《むさぼ》られるようにキスをされ、記憶が蘇《よみがえ》り、腰に熱が溜《た》まった。服の上から身体中を撫でられ、一輝と長いキスをしていた。シャツの上から乳首を弄《いじ》られ、ひくんと身体が震える。首筋を痕《あと》がつくほど吸われ、布の上から強めに乳首を摘《つま》まれた。

「あ…っ、ふ…っ」

こんなふうに乳首を弄られるのが久しぶりで、自然と声が上がってしまった。自分が恥ずかしいほどに乱れてしまいそうな予感があって身を引こうとすると、一輝は強引にシャツを広げ、乳首を思いきり吸ってきた。

「か、ずき…っ、や、ぁ…っ」

激しく舌で乳首を叩《たた》かれて、ずくんと腰に響いた。一輝は片方の乳首を指で弄り、もう片方は舌を絡めたり、甘く歯で噛《か》んできたりした。しだいに息が上がって、切ない声がこぼれていく。ズボンの中で下腹部が張っている。

「一輝…っ、俺もする…から…、ぁ…っ」

自分だけが乱れているのが嫌で荒く息を吐きながら口走ると、一輝はわずかに顔を上げて歯でぷくりと尖《とが》ってしまった乳首を引っ張った。

「あう…っ」

一輝の口から離れ、乳首が唾液《だえき》で濡《ぬ》れて光っている。一輝は春也のズボンに手をかけ、ベルトを外してきた。乳首を弄られただけで勃起《ぼっき》している下腹部を晒《さら》すのに抵抗があったが、春也は自らズボンを引き抜き、床に落とした。

「一輝も脱いで…」

ボタンがいくつか留まっているだけのシャツに手をかけ囁くと、一輝も着ていた衣服を脱ぎ始めた。鍛えられた腹部が目に入ると、自然と頬《ほお》が紅潮して目を逸《そ》らしてしまった。同性を愛する趣味はないと思いつつ、一輝の肉体を目にして興奮している自分がいるのは認めざるを得ない。あの筋張った腕に抱かれる喜びを知ってしまった今では、欲望を隠せなかった。

互いに全裸になり、再びキスしながら素肌を触れ合わせた。一輝の性器が勃起しているのが嬉しくて、反り返った熱に手を絡める。

「口でする…」

一輝から身を離し、性器に舌を絡めようとすると、体勢を入れ替えられた。シックスナインの形で互いの性器を口に含み、愛撫《あいぶ》し合う。

「ふ…っ、う…」

横向きになり一輝の性器を口に頬張り、舌を動かした。懐かしい一輝の味に、ぞくぞくと背筋に震えが走る。

「ん、ん…っ」

一輝も同じように春也の性器に舌を絡めてきた。アイスクリームでも舐めるように舌で先端をくすぐられ、甘い声が漏れた。口を止めてしまうと、一輝の愛撫に腰砕けになりそうで、必死になって一輝の性器を口で刺激した。

「はー…、はー…」

息遣いだけが室内に充満した。一輝の裏筋に舌を這《は》わせ、カリの部分をぐるりと撫でる。口の中でどんどん一輝のモノが大きくなるのが嬉しくてたまらなかった。

「あ…っ」

ふいに一輝が蕾《つぼみ》に手を伸ばし、揉《も》むようにしてきた。思わず一輝の性器から口を離し、甘い声をこぼす。

「来ると思わなかったから、ローション用意してなかった…。ここ、舐めていいか?」

すぼみに指を押しつけ、一輝が情欲に濡れた目を向ける。春也は身を起こし、恥ずかしさを堪《こら》えて告げた。

「俺、持ってきた…。引く?」

一輝に会って抱いてほしいと思っていたので、バッグの中にはローションが入っている。けれどそんな物を用意しているなんて知ったら一輝は冷めるかもしれない。窺《うかが》うように見ると、一輝はひどく驚いた顔をしていた。

「引かないけど、驚いた……。お前がやりたがってるのなんて、初めてじゃないか?」

そうかもしれない。春也はベッドから離れバッグを探ると、買ってきたローションを一輝に手渡した。一輝は照れくさそうな顔で受け取る。

「やりたいのは俺だけだと思ってた」

「そんなことないよ…。いつもすごく俺、感じるじゃない…」

何度も言われると恥ずかしくなって顔が赤くなる。再び一輝のモノを口に含もうとすると、一輝がそれを止め、うつぶせにされた。

「あんまフェラされるとイっちまいそうだから…」

一輝は手のひらに液体を垂《た》らし、春也の尻《しり》に擦《こす》りつけてきた。たっぷりと液体を施され、すぐに指がもぐり込んでくる。

「ん…っ、は…っ」

太い指が奥まで入ってきて、腰がぶるりと震えた。一輝は春也の腰を上げさせ、何度も指を抜き差しする。入れた指で前立腺を弄られ、春也は甘い息を吐き出した。

「う…っ、ん、あ…っ、ひゃ…っ」

ぐりぐりと感じる場所を擦られ、鼻にかかった声がこぼれた。今でも一輝が自分の感じる場所を覚えているのに興奮して、反り返った性器から先走りの汁があふれてくる。

「あぅ…っ、う、あ…っ」

濡らした蕾に指が増やされ、穴を広げるような動きで掻き回された。尻の奥を指で擦られながら、背中からわき腹を揉まれる。時々感じる場所を探られ、ひくひくと腰が蠢《うごめ》いた。

「気持ちいい…?」

生え際に手を回し、一輝が囁いてくる。シーツに頬を押しつけ、春也は何度も頷いた。

「ん…っ、いい…っ、あ…っ、あ…っ」

入れた指を出し入れされ、太ももがわなないた。一輝と離れてから一度も触れたことのない場所は、こうして刺激されるとどうして触らずにいたのか不思議なほど感じまくった。襞《ひだ》を撫でられ、入れた指を広げられ、甘ったるい声が抑えられなくなる。

「我慢できねぇ…、入れてもいいか…?」

上擦った声で一輝が囁き、猛《たけ》った熱を押し当ててきた。一輝の性器も濡れていて、それがぞくりとするほど刺激的だった。

「入れて…、一輝ので…広げて」

乱れた息遣いで告げると、一輝がすぐに先端の部分を押し込んできた。大きく張った部分が狭い穴にずぷりと押し込まれていく。最初は痛みを感じて前に身体を逃がしてしまったが、徐々に内部に一輝の熱がもぐり込んでくると、身体が熱を帯びて息が荒くなった。

「きつい…、初めてやった時みたいだ…」

春也の腰を抱え、一輝が半分くらいまで性器を埋め込んで止める。そのまま動きを止め、前に手を回し、春也の性器に手を絡めてきた。

「あ…っ、あ…っ、だ、め…っ」

中をいっぱいにされた状態で性器を扱かれると、腰がびくびくとうねって我慢ができなくなった。一輝が軽く腰を揺さぶっただけで、全身に電流が走り、あっという間に達してしまった。

「ひゃ、あ…っ」

四肢を大きく震わせ、一輝の手の中に射精してしまうと、がくりとシーツに上半身をくっつけた。激しく息を吐き出し、一輝が腰を支えてくれないと腰を上げていられないほどだった。

「もうイったのか…?」

一輝が嬉しそうな声で囁き、屈み込んで首筋にキスを落としてくる。精液を吐き出したこと

で身体が弛緩したのか、一輝が腰を突き出すと、ぐっと奥まで性器が入ってくる。

「ひ…っ、んう…っ、ま、待って…」

まだ息が整わなくて、舌がもつれた。一輝は春也の肩を撫で、髪を掻き上げて耳朶を甘く噛んでくる。

「すげぇ気持ちいい…、もっと奥まで入れるぞ…」

熱い息を吹きかけ、言葉どおり一輝が身を起こし、根元まで猛ったモノを突き刺してきた。

「んあ…っ、あ、あ…っ」

中に一輝のモノを受け入れている感覚は、たとえようもなく満ち足りた気分だった。中で脈打つ熱は硬くて大きくて春也を支配する。最初に感じた痛みはもはや消え、頭がぼうっとするほど気持ちよくなっていた。

「中……柔らかくなってきた」

軽く腰を揺さぶり出した一輝が、大きく息を吐きながら告げる。

「あっ、あっ、あ…っ」

カリの部分が内部を擦るたび、頭の芯がとろけそうになった。もう自分がどういう声を出しているか分からず、ただ突かれるたびに甲高い声を放つ。やがて一輝の腰の動かし方が激しくなってくると、感じすぎて自然と逃げるように前につんのめっていった。

「ひゃ、や…っ」

腰の動きを止めた一輝が、いきなり春也の片方の足を持ち上げ、両腕で抱えてくる。身体を横向きにされ、内部に入っていた一輝のモノがぐりっと大きく動いた。

「や、あ、あ…っ」

一輝は繋がったまま強引に春也の身体を引っくり返し、両足を広げてくる。体勢を変え正常位で結合した一輝が、屈み込み、唇を重ねてきた。

「ん…っ、んう…っ、…っ」

深く唇を重ねながら腰をぐちゃぐちゃと動かされ、再び熱が急上昇した。必死になって一輝の首に手を回し熱を逃がそうとするが、内部の感じる場所を激しく穿《うが》たれ仰《の》け反ってしまった。

「やぁ…っ、あ…っ、ひ…っ」

春也の背中に手を回し、一輝が身体を持ち上げてくる。向かい合う形で繋がり、ずん、と奥まで一輝の大きなモノが入ってきた。

「や、ぁ…っ、あ…っ、はぁ…っ」

快楽が深まり、身体中から力が抜けてしまって、一輝の胸にもたれて、激しく突き上げられる。内部が激しく収縮し、勃起した性器が二度目の射精に向かって熱を高めている。一輝は箍《たが》が外れたようにめちゃくちゃに腰を突き上げ、荒い息を春也の耳に吹きかけてきた。

「好きだ、春也…っ、中に出して……いいか?」

はぁはぁと忙しく息を吐きながら、一輝が口走る。潤んだ目で一輝にしがみつき、春也は銜え込んだ場所を締めつけた。

「出して…いっぱい…っ」

春也が叫ぶように告げると、律動がさらに速まり一輝が大きく呻《うめ》き声を上げた。内部でじわっと熱いものが広がり、中に出された感触が脳に伝わった。

「ひう…っ、う…っ」

射精しながら何度か腰を突き上げられ、気づいたら春也も二度目の絶頂に達していた。一輝の腹を汚し、銜え込んだ脈打つ性器がびくびくっと震える。

獣のように息を吐き、春也は一輝と抱き合った。一輝が乱れた息遣いで春也の背中を愛しげに撫でる。お返しに春也も一輝の耳朶にキスをして、隙間もないほど密着して抱きしめ合った。

二人の時間がやっと繋がった気がした。

一輝を心から愛している。

もうこのまま離れたくなかった。

繋がりを解き、しばらくして息が整うと、唇がふやけそうなほどキスを続けた。離れているのが嫌でずっと背中に腕を回していると、ふと思い出したように一輝が身を離した。

「そういえば俺……お前に謝らなければならないことがあった」

眉間《みけん》にしわを寄せ、一輝が申し訳なさそうに呟く。何かと思って首をかしげると、一輝は一度ベッドから離れ、酒瓶が並んでいる飾り棚から何かを持ってきた。一輝の手には見覚えのある小さな三線《さんしん》のキーホルダーがあって、春也はびっくりした。

「これ……」

「ごめん、これお前から盗んだ。沖縄《おきなわ》に行った時……お前が誰かに土産《みやげ》渡すつもりなのがムカついて…」

ベッドに乗り上げてきた一輝が頭を下げて謝る。あの沖縄旅行の時、祐司《ゆうじ》たちとホテルに戻った後、一輝とはぎくしゃくしてしまった。その上お土産に買ったはずのキーホルダーも一つ無くして、渡すどころではないし気分は散々だった。まさかそれが一輝の手に渡っていたなんて。

「最低だな、俺。昔から心が狭いんだ…」

一輝がささいなことで嫉妬《しっと》していたなんて知らなかった。

「一輝、これ…盗む必要なかったよ。だって一輝のだもの…」

思わず笑いが込み上げて、春也は笑いながら真相を一輝に伝えた。一輝は自分へのお土産という発想がなかったらしく、びっくりしてキーホルダーを見つめる。

「これ見るたび自己嫌悪してたのに…。俺って馬鹿だな…。くれるの待ってりゃよかった」

手のひらにキーホルダーを握りしめ、一輝がはにかんで笑った。

「ついでにもう一つ懺悔《ざんげ》する…。クリス会長、……会いに来たか?」

ごろりとベッドに横たわり、一輝が申し訳なさそうに呟いた。

「クリス会長? まさか。高校生の時以来、会ってないよ」

懐かしい名前を聞いて首を振った。クリスには告白された思い出がある。

「じゃあ、会長…今のお前の居場所見つけられなかったんだな。まぁ当然か。お前は名字も変わってたし、親父がその辺の繋がり、一切表に出さなかったからな。俺……、会長にお前の居場所聞かれたけど意地悪して教えなかった。結婚式の時に会ったって言っただろ？　会長、まだお前のこと気にしてた。見つけられたら絶対に奪われると思ったから、お前が今どうしてるか知ってたけど黙ってたんだ。……ごめん、嫌な奴で」

一輝の告白は、次から次へと春也を笑わせた。一輝は本気でクリスにとられると思っているみたいだが、春也にとって一輝以外の男は考えたこともなかった。落ち込んでいる一輝が無性に可愛く見えて、耳元ではねている髪の毛を直す。

「ううん、何か……嬉しい」

一輝の髪を撫でていると、驚いた顔でちらりと見つめられ、苦笑する。

「もうクリス会長と会いたくねぇな…。最後喧嘩《けんか》腰になったし、お前と一緒だって知ったら絶対怒る。認めたくないけど、会長のほうがいい男だしな…。仕事関連で会わないのを祈るだけだ」

一輝が仕事の話を口にしたので、春也も気になっていたことを尋ねた。

「一輝は……お父さんの跡を、継ぐんだね…？」

父親と諍《いさか》いを起こしていた一輝だが、この屋敷から出て行かなかったのと同じ理由で、父親の会社を放棄することはないと思えた。

「そうだな…、いずれはそうなると思う」

髪を撫でている春也の手を握り、穏やかな声で一輝が告げた。

「親父は誰も信頼していなかった。それどころか自分以外、すべての人間を見下していた。でも俺は違う。俺は……親父と違う経営の仕方をしたい。それでもできるって証明したい。まぁ、継ぐのはずーっと先の話だ。今は叔父の下で勉強している。経営は…難しいよ」

一輝の意思を知り、自然と微笑んでベッドに横たわった。父親の目に見えない拘束から解放され、一輝は前向きに生きようとしている。

「俺…一輝に会えて、よかったよ」

心を込めて囁くと、一輝が黙って身を乗り出し、唇を重ねてきた。

離れ離れになっていたのが嘘のように、誰よりも一輝を身近に感じた。今度は誰に言われたわけでもなく、互いを求め合うことができる。

「……高校生の時さ、壮太《そうた》が言ったんだよ」

身体を寄り添わせ、ぽつりと一輝が告げる。

「春也と一輝は心が通じ合ってるって。……俺は最初それを聞いて嬉しかった。俺もそう思ってたから。お前といると喋《しゃべ》らなくても通じ合ってると思う時があった。でもそれって、本当は間違いだったんだよな」

　遠い記憶を思い出すように一輝が言葉を綴《つづ》る。春也も似たようなことを思っていた。口に出さなくても一輝が考えていることが分かると。

「本当は……通じ合ってたわけじゃない。お前は俺の顔色を窺って生きていたから……俺はお前の主人みたいなものだったから当たり前だったんだ。それを愛情と勘違いして自惚《うぬぼ》れてた。それに気づいた時、このままの関係じゃ駄目だと思った」

　あの頃の一輝の心情を知り、胸が締めつけられるように痛んだ。そんなことない、と言いたかったけれど、今となってはどうだったか分からない。一輝を好きなのは真実だが、あの頃の自分に一輝の顔色を窺ってなかったとはいえない。

「だから卒業式の日の後は……お前を見送らなかった。一度この関係を清算しなければ、いつまでたっても俺とお前の関係は変わらない…。あの日は本気でつらかった。二度とお前と会えないかもと思って、絶望的な気分になった。親父が死んだ後も、……やっぱり会いに行けなかった。後ろめたかったのもあったけど……、解放、ってお前言っただろ…。俺はお前を解放しなけりゃ駄目だと思ってた……。お前がどうせまともな人生なんて無理だって絶望しないように…」

　一輝の独白を聞き、鎖で縛られた時自分が放った言葉が、一輝の胸の奥を貫いていたのが分かった。あの時は奴隷のように扱われ、すべてに絶望して嫌な言葉を吐いてしまった。

　今は違う。今は希望を抱いている。自分には好きな人と愛し合うことができる。誰に命令されたわけでもなく、自分の意思で愛する相手を抱きしめることができる。

それがどれほど素晴らしいことなのか初めて気づき、春也は目を潤ませた。

こんなに一輝を愛している気持ちが汚れているわけがない。

こんなに一輝が自分を想ってくれている気持ちが、綺麗なものでないわけがない。

ダニエル神父がよく教えてくれた。愛は尊いものと。今は心からそう思える。

「……今こうしていられるのが信じられない。神様っているんだな」

一輝の目が潤み、はにかんだ笑みがこぼれた。愛しくてたまらずに一輝を抱きしめ、キスを贈る。どれだけ自分が一輝を好きか伝えたくて、抱いた腕に力を込めた。

「愛してる……」

束縛から解き放たれ、どちらからともなく愛の言葉を囁き合った。

言葉の力が互いを強くする。何度も何度もキスを交わし、硬く抱き合った。この一瞬が消えてなくならないようにと。

雪が降った日曜日、自宅を訪れた一輝と二人で散歩した。

新しくできたレストランで昼食を食べ、そのまま自宅までの道を歩いていた。粉雪がちらほらと舞い散り、互いの肩や髪に落ちては消えていった。一輝と愛を確かめ合ってから離れている時間がひどく寂しく感じられ、時間があれば会うようにしていた。一輝も同じ気持ちで、長年暮らした屋敷を売り払って新しい家に一緒に住もうと言ってくれている。一輝と自分じゃ経済力に差がありすぎるから、そういう点に関してだけは相手に任せることにしていた。

そのかわり時々自分の好きなレストランに行って、食事をおごる。春也なりの譲歩に一輝は笑って頷いた。今日の店も、もしかしたら一輝にとっては安っぽい店だったかもしれないが、一輝は美味《おい》しいと言ってくれた。一輝に関しては背伸びをしても無駄だから、春也はありのままでいる。

「おい、あれ……」

自宅のアパートが近づいた時、自分の家の前に誰かが立っているのが見えた。すぐに母だと分かり、動揺して足を止めた。ここ最近、ずっと来なかったので安堵《あんど》していたのに。このまま一輝と一緒に家に戻ったら、きっとまた嫌な思いをさせる。春也は顔を曇らせてどうするべきか悩んだ。

「お前、まだ自分を捨てた親に金渡してんのか……？」

一輝は憤りを隠しきれず、不満げな顔で春也を見つめてきた。春也が目を伏せると、怒りに顔を歪《ゆが》め、アパートに向かって歩き出す。

「一輝、ちょっと待って」

「結局金なんだろ？　俺が手切れ金叩きつけてやるよ。どの面下げて来てんだ、本当に頭にくる…。俺はあの女がお前のところに来るのが許せない」

低い声で呟き、一輝はどんどん先を行ってしまう。慌てて追いかけてその腕を掴むと、きつい視線がぶつけられた。

「何でお前はあんな親を許すんだ？　産んでくれたから？　産んだのが何だよ、俺は納得できない！　子どもを道具に使う親なんて、放っておけよ」

一輝の怒鳴る気持ちは痛いほど理解できた。母親に対する愛情があるのかといえば、春也にだってない。それでも一輝に手切れ金を払わせて関係を切るのは、何か違うと思った。

それに、やはりまだ心のどこかで、母が改心してくれるのではないかと期待している。いつか母も分かってくれる。母だって我が子に対する愛情がある——そう信じたかったのだ。

「春也」

一輝と向かい合って立ち止まっていると、アパートの階段を下りた母が声をかけてきた。内心一輝と会わせたくなかったので憂鬱《ゆううつ》な気分だったが、反対に母は一輝を見つけて上機嫌だった。以前に言い争ったことなど忘れてしまったかのように、にこにこと一輝に挨拶《あいさつ》してきた。

「まぁまぁ、一輝さんと一緒だったの。そうね、あなたたちは仲が良くて母さんも嬉しいわ。一輝さん、お仕事お忙しいんでしょう？」

母の態度に不審感を抱き、春也は言葉を呑み込んだ。こんなふうに母が一輝に対して親しげなのは、何か理由があるはずだ。母の目に純粋な光はない。母のへりくだった態度に一輝も違和感を覚えている。

「母さん、何の用……？　お金なら今日はないよ」

薄気味悪さを覚えて春也が告げると、母が興奮した顔で近づいてきた。

「何を言ってるの。一年も経ったんだし、とっくにまとまった金が入ってるでしょ？　実はいつもみたいな小遣い程度じゃなくて、大きな金がいるのよ。綿貫さんが亡くなったんだし、そろそろ……遺産の一部をお母さんにも渡してちょうだい」

すっと血の気が引いて春也は母を見つめ返した。

母が何を言いたいのか分かってしまい、全身が凍りつくようだった。今までわずかにも信じていたもの、夢見ていたもの、すべてが儚《はかな》く壊れていく。一輝は産んだのがそれほど偉いのかと以前春也に聞いた。産みの苦しみ、というものに自分がどれほど希望を抱いていたか分かる。苦しんで産んでくれたのだから、少しでも純粋な愛情があると信じたかった。

「あんたは綿貫家の戸籍に入ってたんだもの。遺産が入っているはずよね!?　戸籍を移したアタシに感謝するのよ。そのおかげで大金が転がり込んできたんだから」

母の笑い声に一輝がぽかんとして目を見開いた。次の瞬間には殴りかかりそうになったので、慌てて手を伸ばしてそれを制した。

「春也、こいつは…っ!!」

「いいんだ、一輝！　黙って」

自分でも信じられないくらい尖った声が飛び出し、一輝の動きを止めていた。一輝の前に立ちふさがり、春也は泣きそうな顔で母を見つめた。

再会した時から決めていた。母がそれを言い出したら、その時がこの人との別離だと。

結局母にとって自分は血の繋がった息子でも何でもなく、ただの金を運んでくる道具だった。滑稽《こっけい》なほどに綿貫と一緒ではないか。それが切なくて苦しくて悲しくなる。だがもう終わりだ。これ以上この人を母と呼ぶことはできない。

「母さん、間違ってるよ。綿貫さんが、高校卒業後も俺を養子のままにしておくなんて、本気で思ってたの？」

春也の低い声に母がぎょっとして身をすくめる。

「な、何ですって？　だって…そんな、それじゃ…っ、お前は…っ」

母は激しいショックを受けた様子で顔を強張らせた。おそらく大金が入ると夢を見ていたせいだろう。一体どんなことに金が必要なのか分からないが、もう春也には関係ない。

母はわなわなと身体を震わせ、春也を凝視する。

「高校卒業後に、俺を養子にしてくれたのは執事の吉島さんだよ…。吉島さんはもう亡くなった。俺が葬式代を出したんだから……」

呆然とした顔で母がその場に崩れる。信じたくない、と書いてある顔を見下ろし、春也は目を閉じた。

「母さん、もしそれを母さんが言い出したら——俺はおしまいにしようと思っていた。今までありがとう。もう他人になってください。……問題ないよね？　戸籍上は、他人だ…。あなたが、今……そう言った」

再び目を開けると、やけにちっぽけな姿がそこにいた。春也の言葉に母は驚愕に身体を震わせている。どうして今まで自分はこの存在に心を囚われていたのだろう。

虚《むな》しさにも似た感情が胸を支配していた。春也はその場に膝をつく母の横を通り過ぎ、一輝を振り返った。

「行こう、一輝。……さよなら、氷野《ひの》さん」

もう母親とは呼べない女性に向かって別れの言葉を告げ、春也は横に並んで歩き出した一輝に身を寄せた。一輝の腕が肩に回り、ぐしゃりと髪を掻き乱される。

「泣くなよ、お前は間違ってないよ…」

うつむく春也の耳元で一輝が優しい声を出す。

どうして泣いているのか自分でもよく分からなかった。あんな母親でも別離が悲しいのか。それとも信じていたいと思っていた最後の線を越えられたからか。胸に穴が空いてしまったみたいに、ただ虚しかった。自分が子どもを作ることはないだろうけれど、もし血を分けた子どもができたら、絶対に道具になんかしない。

金などいらない。純粋な愛がほしい。

「春也、このまましばらく、こうして歩いていよう」

うつむいたままの春也に一輝が囁き、肩に回した腕を解いて、ぎゅっと手を握ってきた。雪の降る日とはいえ、往来で手を繋がれてびっくりして顔を上げた。一輝がぐいぐいと引っ張るように足を進ませる。

「あの女の顔、見たか？　すっげー呆然としてて、笑えたぜ」

一転して一輝が明るい声で笑い出す。

「笑えよ、春也。あんな女、笑い飛ばせよ。……お前が悲しい顔をするのは嫌だ。俺、お前が笑ってるの最初に見た時、可愛いなって思ったんだ。だから笑っててくれ」

「一輝……」

必死になって春也を元気づけようとしてくる一輝に、胸がいっぱいになった。

「そうだね、男二人で手を繋いで歩いてるんだもの……笑うしかないよね」

一輝の手を握りしめ、春也ははにかんだ笑みを見せた。まだ最初はぎこちなかったが、一輝の笑顔に応《こた》えているうちに心の底から笑うことができた。

自分の隣には虚しさを埋めてくれる人がいる。今この場に一輝がいてよかった。

春也は過去に決別して、前を向いて歩き出した。

あとがき

こんにちは&はじめまして。夜光《やこう》花《はな》です。

「愛を乞う」読んでくださりありがとうございます。タイトルはいつもどおり（?）担当様のすばらしい案でございます。

今回は少しずつ互いを好きになるような話が書きたいなと思って作りました。あと段階を踏んだエロが書きたくて……最初からガンガンやるのではなく、ちょっとずつ進んでいく感じが、書いててとっても楽しかったです。

一輝《かずき》の鈍いところ、不器用なところは私のツボです。あとやはり中学生や高校生の時の攻めの頭の中はエロいことでいっぱいでいてほしい。隣に受けがいるならそれはもう、やることしか考えてないくらいが好きですね。

エロももちろんのこと、今回は純愛を書きたかったのでその辺も伝わっているといいなと思います。

この二人は何も話さなくても、一緒にいて寄り添い合ってればそれで幸せなんじゃないですかね。

そういえばあのつき合ってると噂の先輩たちは、意外に金持ちだったのでしょうか。きっと一般枠があったに違いない。などという裏話をお遊び的にまぜてみました。

挿絵の榎本《えのもと》先生、すばらしい絵をありがとうございます。子ども時代、高校生、社会人と描いてもらえてすごい感激です。特に子ども時代の二人ときたら、もう春也《はるや》可愛いし、一輝の目つきの悪さったら、めちゃいいです。皆様もぜひこの二人の成長していくところを見比べてほしいです。

大人になっていくにつれ、かっこよくなり、美人になり、とっても目の保養でした。わきでは壮太《そうた》がイメージぴったりで、クリス男前だし、祐司《ゆうじ》も可愛いです。

本当にありがとうございます！

担当様、いつもご指導ありがとうございます。作品を好きと言ってもらえてとても励みになりました。またがんばりますので、よろしくお願いします。

読んでくださった方々、ありがとうございます。今回の話、どうだったかぜひ感想聞かせてくださいね。

ではでは。また別の本で出会えることを祈って。

夜光　花

この本を読んでのご意見、ご感想を編集部までお寄せください。
《あて先》〒105－8055　東京都港区芝大門2－2－1　徳間書店　キャラ編集部気付
「愛を乞う」係

■初出一覧

愛を乞う……書き下ろし

Chara

愛を乞う

【キャラ文庫】

2009年11月30日　初刷

著者　夜光　花
発行者　吉田勝彦
発行所　株式会社徳間書店
〒105-8055　東京都港区芝大門2-2-1
電話048-451-5960（販売部）
03-5403-4348（編集部）
振替00140-0-44392

印刷・製本　図書印刷株式会社
カバー・口絵　近代美術株式会社
デザイン　百足屋ユウコ
編集協力　押尾和子

ISBN978-4-19-900547-3

好評発売中

夜光 花の本
【シャンパーニュの吐息】

イラスト◆汞りょう

10年前に死んだ弟がなぜ目の前に――!? レストランのオーナー・矢《や》上《がみ》が出逢ったのは、店で働くギャルソンの瑛司《えいじ》。綺麗で儚げな容姿は生き写しでも、瑛司の明るく快活な性格は弟と正反対だった。未だ弟の死を悔やむ矢上は、別人だと頭では否定しながらも瑛司に惹かれていく。そんなある日、矢上は瑛司への想いを抑えられず抱いてしまうが…!? この腕の中にいるのは誰?――ミステリアス・ラブ。

好評発売中

夜光 花の本

【七日間の囚人】

イラスト◆あそう瑞穂

ベッドしかない密室に、全裸で監禁されてしまった!?　鷺《さぎ》尾《お》要《かなめ》が目覚めた時、隣には同じく全裸で眠る同僚の長《なが》瀬《せ》亮二《りょうじ》が!!　しかも、手錠で繋がれて離れられない。日頃から、からかうように口説かれていた要は、実は亮二が嫌いだった。いつ犯されてもおかしくない状況に、警戒心を募らせる要。一体、誰が何のために仕組んだのか――。眠ることすら許されない、絶体絶命スリリング・ラブ！

好評発売中

夜光 花の本
【不浄の回廊】
イラスト◆小山田あみ

邪悪な死の影から
最愛の人を救いたい――

中学の頃から想い続けた相手は、不吉な死の影を纏《まと》っていた――。霊能力を持つ歩《あゆむ》が引っ越したアパートで出会った隣人は、中学の同級生・西条《さいじょう》希一《きいち》。昔も今も霊現象を頑なに認めない西条は、歩にも相変わらず冷たい。けれど、以前より暗く重くなる黒い影に、歩は西条の死相を見てしまう。距離が近づくにつれ、歩の傍では安心して眠る西条に、「西条君の命は俺が守る」と硬く胸に誓うが…!?

好評発売中

夜光 花の本
【眠る劣情】
イラスト◆高階 佑

妹が何者かに誘拐された!?　内野晶《うちのあきら》への犯人からの要求は、「おまえの親友の明石章文《あかしあきふみ》の結婚を阻止しろ」ということ。なぜ、解放の条件が親友の結婚と結びつくのか？　かつて高校時代に、章文に告白され振ってしまった晶。罪悪感を抱きつつも「好きだ」と嘘をつき、婚約破棄を迫るしかない。ところが、なんと章文は婚約を解消！　「恋人なら抱かせろ」と貪るようなキスをしてきて!?

キャラ文庫最新刊

恋ひめやも
英田サキ
イラスト◆小山田あみ

結婚を控え、順風満帆な人生を送る棚橋《たなはし》は、同窓会で元担任の水原《みずはら》と再会。顔も覚えていなかったのに、なぜか惹かれてしまい…？

芸術家の初恋
遠野春日
イラスト◆穂波ゆきね

浮世離れした生活を送る画家の志紀《しき》。隣家の刑事・築山《つきやま》は志紀に恋しているけれど、なかなか弟扱いから卒業できなくて…!?

愛を乞う
夜光 花
イラスト◆榎本

幼い頃借金の形に売られた春也《はるや》は、同い年の一輝《かずき》の所有物となる。全寮制の高校で同室になり、毎日性行為を強要されて──!?

間の楔⑤
吉原理恵子
イラスト◆長門サイチ

イアソンのペットとして飼われるリキ。まとわりつく好奇の視線──。些細な事件をきっかけに、リキは大怪我を負ってしまい!?

12月新刊のお知らせ

神奈木智 [愛も恋も友情も。] cut／香坂あきほ
剛しいら [盗人(仮)] cut／葛西リカコ
榊 花月 [地味カレ] cut／新藤まゆり
火崎 勇 [そのキスの裏のウラ] cut／羽根田実

12月19日(土)発売予定

お楽しみに♡